人生是不会轻易完蛋的

Everything Will Be OK

冯骥才 等著

图书在版编目（CIP）数据

人生是不会轻易完蛋的 / 冯骥才等著. -- 南京：江苏凤凰文艺出版社, 2025.6. -- ISBN 978-7-5594-2829-5

Ⅰ. I266

中国国家版本馆CIP数据核字第2025HV0805号

人生是不会轻易完蛋的

冯骥才 等 著

责任编辑	项雷达
选题策划	胡 杨
特约编辑	霍欣雨
封面插画	吉冈雄太郎
全书设计	吉冈雄太郎
责任印制	杨 丹
出版发行	江苏凤凰文艺出版社
	南京市中央路165号，邮编：210009
网　　址	http://www.jswenyi.com
印　　刷	北京盛通印刷股份有限公司
开　　本	787毫米×1092毫米　1/32
印　　张	8.25
字　　数	130千字
版　　次	2025年6月第1版
印　　次	2025年6月第1次印刷
书　　号	ISBN 978-7-5594-2829-5
定　　价	52.00元

江苏凤凰文艺版图书凡印刷、装订错误，可向出版社调换，联系电话025-83280257

目录

第一章

二十五岁正是人生的七点半

- 003 ·《放下与执着》史铁生
- 006 ·《日历》冯骥才
- 013 ·《暂时脱离尘世》丰子恺
- 016 ·《忙》老舍
- 020 ·《刹那》朱自清
- 027 ·《葡萄月令》汪曾祺
- 036 ·《北戴河海滨的幻想》徐志摩
- 042 ·《一片阳光》林徽因
- 050 ·《生机》汪曾祺

第二章

阴影也是可以乘凉的

史铁生《轻轻地走与轻轻地来》· 057
汪曾祺《跑警报》· 065
丰子恺《初冬浴日漫感》· 079
冯骥才《我最初的人生思索》· 084
梁遇春《破晓》· 094
郁达夫《灯蛾埋葬之夜》· 101
徐志摩《想飞》· 111

第三章

荒谬当道,爱拯救之

史铁生《秋天的怀念》· 121
老舍《宗月大师》· 124
丰子恺《给我的孩子们》· 131
汪曾祺《林斤澜!哈哈哈哈》· 138
朱自清《冬天》· 143
萧红《永远的憧憬和追求》· 147
冯骥才《逼来的春天》· 150
汪曾祺《闹市闲民》· 157

第四章

计划泡汤了，那就泡个汤吧

- 165 · 《好运设计》史铁生
- 169 · 《告别梦境》冯骥才
- 173 · 《又是一年芳草绿》老舍
- 180 · 《秋》徐志摩
- 188 · 《养花》老舍
- 192 · 《随遇而安》邹韬奋
- 194 · 《翡冷翠山居闲话》徐志摩
- 199 · 《零余者》郁达夫
- 210 · 《渐》丰子恺

第五章

一朵花的凋零荒芜不了整个春天

- 219 · 《我的梦想》史铁生
- 226 · 《春天最初是闻到的》冯骥才
- 229 · 《白发》冯骥才
- 234 · 《泪与笑》梁遇春
- 240 · 《落花生》许地山
- 243 · 《〈忆〉跋》朱自清
- 249 · 《寄给一个失恋人的信（一）》梁遇春

第一章

二十五岁正是人生的七点半

我们还是陶醉在人生里，幻出些红霞般的好梦罢，何苦睁着眼睛，垂头叹气地过日子呢？所以在这急景流年的人生里，我愿意高举盛到杯缘的春醪畅饮。

一　史铁生

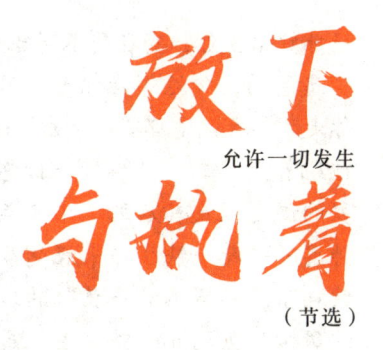

放下与执着

允许一切发生

（节选）

> 既得有所"放下"，又得有所"执着"——放下占有的欲望，执着于行走的努力。

　　老实说，我——此一姓史名铁生的有限之在，确是个贪心充沛的家伙，天底下的美名、美物、美事没有他没想（要）过的，虽然我并不认为这是他多病的原因。不过，此一史铁生确曾因病得福。二十一岁那年，命运让这家伙不得不把那些充沛的东西——绝不敢说都放下了，只敢说——暂时都放一放。特别要强调的是，这"暂时都放一放"，绝非觉悟使然，实在是不得已而为之。先哲有言："愿意的，命运领着你走；不愿意的，命运拖着你走。"我就是那"不愿意"而被"拖着走"的。被拖着走了二十几年，一日忽有所悟：那二十一岁的遭遇以及其后的二十几年的被拖，未必不是神恩——此一铁生并未经受多少选择之苦，便被放在了"不得不放一放"的地位，真是何等幸运的事情！虽则此一铁生生性愚顽，放一放又拿起来，拿起来又不得不再放一放，至今也不能了断尘根，也还是得了一些恩宠的。我把这感想说给某位朋友，那朋友忒善良，只说我是谦虚。我谦虚？更有位智慧的朋友说我：他谦虚？他骨子里了不得！这"了不得"，估计也是"贪心充沛"的意思。前一位是爱我者，后一位是知我者。不过，从那时起，我有点儿被"领着走"的意思了。

如今已是年近花甲。也读了些书，也想了些事，由衷感到，尼采那一句"爱命运"真是对人生态度之最英明的指引。当然不是说仅仅爱好的命运，而是说对一切命运都要持爱的态度。爱，再一次表明与"喜欢"不同，谁能喜欢坏运气呢?但是你要爱它。就好比抓了一手坏牌,你骂它?恨它?耍着赖要重新发牌?当然你不喜欢它,但你要镇静,对它说"是",而后看你如何能把这一手坏牌打得精彩。

大凡能人,都嫌弃宿命,反对宿命。可有谁是能力无限的人吗?那你就得承认局限。承认局限,大家都不反对,但那就是承认宿命啊。承认它,并不等于放弃你的自由意志。浪漫点儿说就是:对舞蹈说是,然后自由地跳。这逻辑可以引申到一切领域。

所以,既得有所"放下",又得有所"执着"——放下占有的欲望,执着于行走的努力。放不下前者的,必至贪、嗔、痴。连后者也放下的,难免还是贪、嗔、痴。看一切都是无意义的人,怎么可能会爱命运?不爱命运,必是心中多怨。怨,涉及人即是嗔——他人不合我意;涉及物即是痴——世界不可我心,仔细想来都是一条贪根使然。

——史铁生

对舞蹈说是,然后自由地跳。

冯骥才

日历

无限期待每一个明天

> 你快乐它就是快乐的一天，你无聊它就是无聊的一天，你匆忙它就是匆忙的一天；如果你静下心来就会发现，你不能改变昨天，但你可以决定明天。

我喜欢用日历，不用月历。为什么？

厚厚一本日历是整整一年的日子。每扯下一页，它新的一页——光亮而开阔的一天便笑嘻嘻地等着我去填满。我喜欢日历每一页后边的"明天"，因为它充满了未知，还隐含着一种希望。"明天"乃是人生中最富魅力的字眼儿。生命的定义就是拥有明天。它不像"未来"那么过于遥远与空洞。它就守候在门外。走出了今天便进入了全新的明天。白天和黑夜的界线是灯光;明天与今天的界线还是灯光。每一个明天都是从灯光熄灭时开始的。那么明天会怎样呢?当然,多半还要看你自己的。你快乐它就是快乐的一天,你无聊它就是无聊的一天,你匆忙它就是匆忙的一天;如果你静下心来就会发现,你不能改变昨天,但你可以决定明天。有时看起来你很被动,你被生活所选择,其实你也在选择生活,是不是?

每年元月元日,我都把一本新日历挂在墙上。随手一翻,光溜溜的纸页花花绿绿滑过手心,散发着油墨的芬芳。这一刹那我心头十分快活。我居然有这么大把大把的日子!我可以做多少事情!前边的日子就像一个个空间,生机勃勃,宽阔无边,迎面而来。我发现时间也是一种空间。历史不是一种空间吗?人的一生不是一个漫长又巨大的空间吗？一个个"明天"，不就像是一间间空屋子吗？那就要看你把什么东西搬进来。可是，时间的空间是无形的，触摸不到的。凡是使用过的日子，立即就会消失，抓也抓不住，而且了无痕迹。也许正是这样，我们便会感受到岁月的匆匆与虚无。

有一次，一位很著名的表演艺术家对我讲她和她的丈夫的一件事。她唱戏，丈夫拉弦。他们很敬业。天天忙着上妆上台、下台下妆，谁也顾不上认真看对方一眼，几十年就这样过去了。一天老伴忽然惊讶地对她说："哎哟，你怎么老了呢！你什么时候才老的呀？我一直都在你身边怎么也没发现哪！"她受不了老伴脸上那种伤感的神情。她就去做了美容，除了皱，还除去眼袋。但老伴一看，竟然流下泪来。时针是从来不会逆转的。倒行逆施的只有人类自己的社会与历史。于是，光阴岁月，就像一阵阵呼呼的风或是闪闪烁烁的流光；它最终留给你的只有无奈而频生的白发和消

——冯骥才

> 我们今天为之努力的，都是为了明天的回忆。

耗中日见衰弱的身躯。为此，你每扯去一页用过的日历时，是不是觉得有点像扯掉一个生命的页码？

我不能天天都从容地扯下一页。特别是忙碌起来，或者从什么地方开会、活动、考察、访问归来，看见几页或十几页过往的日子挂在那里，黯淡、沉寂和没用；被时间掀过的日历好似废纸。可是当我把这一叠用过的日子扯下来，往往不忍丢掉，而把它们塞在书架的缝隙或夹在画册中间。就像从地上拾起的落叶。它们是我生命的落叶！

别忘了，我们的每一天都曾经生活在这一页一页的日历上。

记得一九七六年唐山大地震那天，我住在长沙路思治里十二号那个顶层上的亭子间被彻底摇散，震毁。我一家三口像老鼠那样找一个洞爬了出来。当我双腿血淋淋地站在洞外，那感觉真像从死神的指缝里侥幸地逃脱出来。转过两天，我向朋友借了一架方形铁盒子般的"海鸥牌"相机，爬上我那座狼咬狗啃废墟般的破楼，钻进我的房间——实际上已经没有屋顶。我将自己命运所遭遇的惨状拍摄下来,我要记下这一切。我清楚地知道这是我个人独有的经历。这时,突然发现一堵残墙上居然还挂着日历——那蒙满灰土的日历的日子正是地震那一天:一九七六年七月二十八日,星期三,丙辰年七月初二。我伸手把它小心地扯下来。如今,它和我当时拍下的照片,已经成了我个人生命史刻骨铭心的珍藏了。

> 由此,我懂得了日历的意义。它原是我们生命忠实的记录。从"隐形写作"的含义上说,日历是一本日记。它无形地记载我每一天遭遇的、面临的、经受的,以及我本人应对与所作所为,还有改变我的和被我改变的。

然而人生的大部分日子是重复的——重复的工作与人际,重复的事物与相同的事物都很难被记忆。所以我们的日历大多页码都是黯淡无光。过后想起来,好似空洞无物。于是,我们就碰到一个非常重要的关于人本话题——记忆。人因为记忆而厚重、智慧和变得理智。更重要的是,记忆使人变得独特。因为记忆排斥平庸。记忆的事物都是纯粹而深刻个人化的。所有个人都是一个独特的"个案"。记忆很像艺术家,潜在心中,专事刻画我们自己的独特性。你是否把自己这个"独特"看得很重要?广义地说,精神事物的真正价值正是它的独特性。无论是一个人,还是一种文化。记忆依靠载体。一个城市的记忆留在它历史的街区与建筑上,一个人的记忆在他的照片上、物品里、老歌老曲中,也在日历上。

然而,人不能只是被动地被记忆,我们还要用行为去创造记忆。我们要用情感、忠诚、爱心、责任感,以及创造性的劳动去书写每一天的日历。把这一天深深嵌入记忆里。我们不是有能力使自己的人生丰富、充实以及具有深度和分量吗?

所以我写过:
"生活就是创造每一天。"

我还在一次艺术家的聚会中说:

"我们今天为之努力的,都是为了明天的回忆。"

为此,每每到了一年最后的几天,我都是不肯再去扯日历。我总把这最后几页保存下来。这可能出于生命的本能。我不愿意把日子花得精光。你一定会笑我,并问我这样就能保存住日子吗?我便把自己在今年日历的最后一页上写的四句诗拿给你看:

岁月何其速,哎呀又一年。
花叶全无迹,存世惟诗篇。

正像保存葡萄最好的方式是把葡萄变为酒;保存岁月最好的方式是致力把岁月变为永存的诗篇或画卷。

现在我来回答文章开始时那个问题:为什么我喜欢日历?因为日历具有生命感。或者说日历叫我随时感知自己的生命并叫我思考如何珍惜它。

一　丰子恺

暂时脱离尘世

偶尔出世获得平静

夏目漱石的小说《旅宿》（日本名《草枕》）中有一段话："苦痛、愤怒、叫嚣、哭泣，是附着在人世间的。我也在三十年间经历过来，此中况味尝得够腻了。腻了还要在戏剧、小说中反复体验同样的刺激，真吃不消。我所喜爱的诗，不是鼓吹世俗人情的东西，是放弃俗念，使心地暂时脱离尘世的诗。"

苦痛、愤怒、叫嚣、哭泣，是附着在人世间的，人当然不能避免。但请注意"暂时"这两个字，"暂时脱离尘世"，是快适的，是安乐的，是营养的。

夏目漱石真是一个最像人的人。今世有许多人外貌是人，而实际很不像人，倒像一架机器。这架机器里装满着苦痛、愤怒、叫嚣、哭泣等力量，随时可以应用。即所谓"冰炭满怀抱"也。他们非但不觉得吃不消，并且认为做人应当如此，不，做机器应当如此。

　　我觉得这种人非常可怜，因为他们毕竟不是机器，而是人。他们也喜爱放弃俗念，使心地暂时脱离尘世。不然，他们为什么也喜欢休息，喜欢说笑呢？苦痛、愤怒、叫嚣、哭泣，是附着在人世间的，人当然不能避免。但请注意"暂时"这两个字，"暂时脱离尘世"，是快适的，是安乐的，是营养的。

　　陶渊明的《桃花源记》，大家知道是虚幻的，是乌托邦，但是大家喜欢一读，就为了他能使人暂时脱离尘世。《山海经》是荒唐的，然而颇有人爱读。陶渊明读后还咏了许多诗。这仿佛白日做梦，也可暂时脱离尘世。

铁工厂的技师放工回家，晚酌一杯，以慰尘劳。举头看见墙上挂着一大幅《冶金图》，此人如果不是机器，一定感到刺目。军人出征回来，看见家中挂着战争的画图，此人如果不是机器，也一定感到厌烦。从前有一科技师向我索画，指定要画儿童游戏。有一律师向我索画，指定要画西湖风景。此种些微小事，也竟有人萦心注目。二十世纪的人爱看表演千百年前故事的古装戏剧，也是这种心理。人生真乃意味深长！这使我常常怀念夏目漱石。

老舍 一

忙

真正的工作是令人愉悦的

所谓瞎忙，表面上看来是热闹非常，其实呢它使人麻木，使文化退落，因为忙得没意义，大家并不愿做那些事，而不敢不做；不做就没饭吃。

  近来忙得出奇。恍惚之间，仿佛看见一狗，一马，或一驴，其身段神情颇似我自己；人兽不分，忙之罪也！

  每想随遇而安，贫而无谄，忙而不怨。无谄已经做到；无论如何不能欢迎忙。

这并非想偷懒。真理是这样：凡真正工作，虽流汗如浆，亦不觉苦。反之，凡自己不喜做，而不能不做，做了又没什么好处者，都使人觉得忙，且忙得头疼。想当初，苏格拉底终日奔忙，而忙得从容，结果成了圣人；圣人为真理而忙，故不手慌脚乱。即以我自己说，前年写《离婚》的时候，本想由六月初动笔，八月十五交卷。及至拿起笔来，天气热得老在九十度以上，心中暗说不好。可是写成两段以后，虽腕下垫吃墨纸以吸汗珠，已不觉得怎样难受了。"七"月十五日居然把十二万字写完！因为我爱这种工作哟！我非圣人，也知道真忙与瞎忙之别矣。

所谓真忙，如写情书，如种自己的地，如发现九尾彗星，如在灵感下写诗作画，虽废寝忘食，亦无所苦。这是真正的工作，只有这种工作才能产生伟大的东西与文化。人在这样忙的时候，把自己已忘掉，眼看的是工作，心想的是工作，做梦梦的是工作，便无暇计及利害金钱等等了；心被工作充满，同时也被工作洗净，于是手脚越忙，心中越安怡，不久即成圣人矣。情书往往成为真正的文学，正在情理之中。

所谓瞎忙，表面上看来是热闹非常，其实呢它使人麻木，使文化退落，因为忙得没意义，大家并不愿做那些事，而不敢不做；不做就没饭吃。在这种忙乱情形中，人们像机器般的工作，做完了一饱一睡，或且未必一饱一睡，而半饱半睡。这里，只有奴隶，没有自由人；奴隶不会产生好的文化。这种忙乱把人的心杀死，而身体也不见得能健美。它使人恨工作，使人设尽方法去偷油儿。我现在就是这样，一天到晚在那儿做事，全是我不爱做的。我不能不去做，因为眼前有个饭碗；多咱我手脚不动，那个饭碗便啪的一声碎在地上！我得努力呀，原来是为那个饭碗的完整，多么高伟的目标呀！试观今日之世界，还不是个饭碗文明！

因此，我羡慕苏格拉底，而恨他的时代。苏格拉底之所以能忙成个圣人，正因为他的社会里有许多奴隶。奴隶们为苏格拉底做工，而苏格拉底们乃得忙其所乐意忙者。这不公道！在一个理想

> 试观今日之世界,还不是个饭碗文明!
> ——老舍

的文化中,必能人人工作,而且乐意工作,即便不能完全自由,至少他也不完全被责任压得翻不过身来,他能把眼睛从饭碗移开一会儿,而不至立刻啪的一声打个粉碎。在这样的社会里,大家才会真忙,而忙得有趣,有成绩。在这里,懒是一种惩罚;三天不做事会叫人疯了;想想看,灵感来了,诗已在肚中翻滚,而三天不准他写出来,或连哼哼都不许!懒,在现在的社会里,是必然的结果,而且不比忙坏;忙出来的是什么?那么,懒又有什么不可以呢?

世界上必有那么一天,人类把忙从工作中赶出去,大家都晓得,都觉得,工作的快乐,而越忙越高兴;懒还不仅是一种羞耻,而是根本就受不了的。自然,我是看不到那样的社会了;我只能在忙得——瞎忙——要哭的时候这么希望一下吧。

朱自清 一

刹那

认真感受这一刻

> 要求好好的生,须零碎解决,须随时随地去体会我生"相当的"意义与价值;我们所要体会的是刹那间的人生,不是上下古今东西南北的全人生!

我所谓"刹那",指"极短的现在"而言。

在这个题目下面,我想略略说明我对于人生的态度。现在人说到人生,总要谈它的意义与价值;我觉得这种"谈"是没有意义与价值的。且看古今多少哲人,他们对于人生,都曾试作解人，议论纷纷，莫衷一是；他们"各思以其道易天下"，但是谁肯真个信从呢？——他们只有自慰自驱罢了！我觉得人生的意义与价值横竖是寻不着的；——至少现在的我们是如此——而求生的意志却是人人都有的。既然求生，当然要求好好的生。如何求好好的生，是我们各人"眼前的"最大的问题；而全人生的意义与价值却反是大而无当的东西，尽可搁在一旁，存而不论。因为要求好好的生，断不能用总解决的办法；若用总解决的办法，便是"好好的"三个字的意义，也尽够你一生的研究了，而"好好的生"终于不能努力去求的！这不是走入牛角湾里去了吗？要求好好的生，须零碎解决，须随时随地去体会我生"相当的"意义与价值；我们所要体会的是刹那间的人生，不是上下古今东西南北的全人生！

着眼于全人生的人，往往忘记了他自己现

在的生活。他们或以为人生的意义与价值在于过去；时时回顾着从前的黄金时代，涎垂三尺！而不知他们所回顾的黄金时代，实是传说的黄金时代！——就是真有黄金时代；区区的回顾又岂能将它招回来呢？他们又因为念旧的情怀，往往将自己的过去任情扩大，加以点染，作为回顾的资料，惆怅的因由。这种人将在惆怅，惋惜之中度了一生，永没有满足的现在——一刹那也没有！惆怅惋惜常与彷徨相伴；他们将彷徨一生而无一刹那的成功的安息！这是何等的空虚呀。着眼于全人生的，或以为人生的意义与价值在于将来；时时等待着将来的奇迹。而将来的奇迹真成了奇迹，永不降临于笼着手、踮着脚、伸着颈，只知道"等待"的人！他们事事都等待"明天"去做，"今天"却专作为等待之用；自然的，到了明天，又须等待明天的明天了。这种人到了死的一日，将还留着许许多多明天"要"做的事——只好来生再做了吧！他们以将来自驱，在徒然的盼望里送了一生，成功的安慰不用说是没有的，于是也没有满足的一刹那！"虚空的虚空"便是他们的运命了！这两种人的毛病，都在远离了现在——尤其是眼前的一刹那。

着眼于现在的人未尝没有。自古所谓"及时行乐",正是此种。但重在行乐,容易流于纵欲;结果偏向一端,仍不能得着健全的、谐和的发展——仍不能得着好好的生!况且所谓"及时行乐",往往"醉翁之意不在酒";不过借此掩盖悲哀,并非真正在行乐。杨恽说:"及时行乐耳,须富贵何时!"明明是不得志时的牢骚语。"遇饮酒时须饮酒,得高歌处且高歌",明明是哀时事不可为而厌世的话。这都是消极的!消极的行乐,虽属及时,而意别有所寄;所以便不能认真做去,所以便不能体会行乐的一刹那的意义与价值——虽然行乐,不满足还是依然,甚至变本加厉呢!欧洲的颓废派,自荒于酒色,以求得刹那间官能的享乐为满足;在这些时候,他们见着美丽的幻象,认识了自己。他们的官能虽较从前人敏锐多多,但心情与纵欲的及时行乐的人正是大同小异。他们觉到现世的苦痛,已至忍无可忍的时候,才用颓废的方法,以求暂时的遗忘;正如糖面金鸡纳霜丸一般，面子上一点甜，里面却到心都是苦呀！友人某君说，颓废便是慢性的自杀，实能道出这一派的精微处。总之，无论行乐派、颓废派，深浅虽有不同，却都是"伤心人别有怀抱"；他们有意的或无意的企图"生之毁灭"。这是求生意志的消极的表现；这种表现当然不能算是好好地生了。他们面前的满足安慰他们的力量，决不抵他们背后的不满足压迫他们的力量；他们终于不能解脱自己，仅足使自己沉沦得更深而已！他们所认识的自己，只是被苦痛压得变形了的，虚空的自己；决不是充实的生命，决不是的！所以他们虽着眼于现在，而实未体会现在一刹那的生活的真味；他们不曾体会着一刹那的意义与价值，仍只是白辜负他们的刹那的现在！

我们目下第一不可离开现在，第二还应执着现在。我们应该深入现在的里面，用两只手揿牢它，愈牢愈好！已往的人生如何的美好，或如何的乏味而可憎；已往的我生如何的可珍惜，或如何的可厌弃，"现在"都可不必去管它，因为过去的已"过去"了。——孔子岂不说："往者不可谏"吗？将来的人生与我生，也应作如是观；无论是有望，是无望，是绝望，都还是未来的事，何必空空的操心呢？要晓得"现在"是最容易明白的；"现在"虽不是最好，却是最可努力的地方，就是我们最能管的地方。因为是最能管的，所以是最可爱的。古尔孟曾以葡萄喻人生：说早晨还酸，傍晚又太熟了，最可口的是正午时摘下的。这正午的一刹那，是最可爱的一刹那，便是现在。事情已过，追想是无用的；事情未来，预想也是无用的；只有在事情正来的时候，我们可以把捉它，发展它，改正它，补充它：使它健全、谐和，成为完满的一段落，一历程。历程的满足，给我们相当的欢喜。譬如我来此演讲，在讲的一刹那，我只专心致志地讲；绝不想及演讲以前吃饭、看书等事，也不想及演讲以后发表讲稿，毁誉等事。——我说我所爱说的，说一句是一句，都是我心里的话。我说完一句时，心里便轻松了一些，这就是相当的快乐了。这种历程的满足，便是我所谓"我生相当的意义与价值"，便是"我们所能体会的刹那间的人生"。无论您对于全人生有如何的见解,这刹那间的意义与价值总是不可埋没的。您若说人生如电光泡影,则刹那便是光的一闪,影的一现。这光影虽是暂时的存在,但是有不是无,是实在不是空虚;这一闪一现便是实现,也便是发展——也便是历程的满足。您若说人生是不朽的,刹那的生当然也是不朽的。您若说人生向着死之路,那么,未死前的一刹那总是生,总值得好好地体会一番的;何况未死前还有无量数的刹那呢?您若说人生是无限的,好,刹那也可说是无限的。无论怎样说,刹那总是有的,总是真的;刹那间好好的生总可以体会的。好了,不要思前想后的了,耽误了"现在",又是后来惋惜的资料,向谁去追索呀?你们"正在"做什么,就尽力做什么吧;最好的是 -ing,可宝贵的 -ing 呀!你们要努力满足"此时此地此我"!——这叫作"三此",又叫作刹那。

言尽于此,相信我的,不要再想,赶快去做你今晚的事吧;不相信的,也不要再想,赶快去做你今晚的事吧!

一 汪曾祺

葡萄月令

万物皆有时,不必刻意追赶进度

一月,下大雪。

雪静静地下着。果园一片白。听不到一点声音。

葡萄睡在铺着白雪的窖里。

二月里刮春风。

立春后,要刮四十八天"摆条风"。

风摆动树的枝条,树醒了,忙忙地把汁

有人说葡萄不开花,哪能呢,只是葡萄花很小,颜色淡黄微绿,不钻进葡萄架是看不出的。

液送到全身。树枝软了。树绿了。

雪化了,土地是黑的。

黑色的土地里,长出了茵陈蒿。碧绿。

葡萄出窖。

把葡萄窖一锹一锹挖开。挖下的土,堆在四面。葡萄藤露出来了,乌黑的。有的梢头已经绽开了芽苞,吐出指甲大的苍白的小叶。它已经等不及了。

把葡萄藤拉出来,放在松松的湿土上。

不大一会儿,小叶就变了颜色,叶边发红——又不大一会儿,绿了。

三月,葡萄上架。

先得备料。把立柱、横梁、小棍,槐木的、柳木的、杨木的、桦木的,按照树棵大小,分别堆放在旁边。立柱有汤碗口粗的、饭碗口粗的、茶杯口粗的。一棵大葡萄得用八根、十根,乃至十二根立柱。中等的,六根、四根。

先刨坑,竖柱。然后搭横梁,用粗铁丝紧后

搭小棍,用细铁丝缚住。

　　然后,请葡萄上架。把在土里趴了一冬的老藤扛起来,得费一点劲。大的,得四五个人一起来。"起!——起!"哎,它起来了。把它放在葡萄架上,把枝条向三面伸开,像五个指头一样地伸开,扇面似的伸开。然后,用麻筋在小棍上固定住。葡萄藤舒舒展展、凉凉快快地在上面待着。

　　上了架,就施肥。在葡萄根的后面,距主干一尺,挖一道半月形的沟,把大粪倒在里面。葡萄上大粪,不用稀释,就这样把原汁大粪倒下去。大棵的,得三四桶。小葡萄,一桶也就够了。

　　四月,浇水。

　　挖窖挖出的土,堆在四面,筑成垄,就成一个池子。池里放满了水。葡萄园里水汽泱泱,沁人心肺。

　　葡萄喝起水来是惊人的。它真是在喝哎!葡萄藤的组织跟别的果树不一样,它里面是一根一根细小的导管。这一点,中国的古人早就发现了。《图经》云:"根苗中空相通。圃人将货之,欲得厚利,暮溉其根,而晨朝水浸子中矣,故俗呼其苗为木通。""暮溉其根,而晨朝水浸子中矣",是不对的。葡萄成熟了,就不能再浇水了。再浇,果粒就会涨破。"中空相通"却是很准确的。浇了水,不大一会儿,它就从根直吸到梢,简直是小孩嘬奶似的拼命往上嘬。浇过了水,你再回来看看吧:梢头切断过的破口,就嗒嗒地往下滴水了。

是一种什么力量使葡萄拼命地往上吸水呢?

施了肥,浇了水,葡萄就使劲抽条、长叶子。真快!原来是几根枯藤,几天工夫,就变成青枝绿叶的一大片。

五月,浇水、喷药、打梢、掐须。

葡萄一年不知道要喝多少水,别的果树都不这样。别的果树都是刨一个"树碗",往里浇几担水就得了,没有像它这样的:"漫灌",整池子地喝。

喷波尔多液。从抽条长叶,一直到坐果成熟,不知道要喷多少次。喷了波尔多液,太阳一晒,葡萄叶子就都变成蓝的了。葡萄抽条,丝毫不知节制，它简直是瞎长！几天工夫，就抽出好长的一截的新条。这样长法还行呀，还结不结果呀？因此，过几天就得给它打一次条，葡萄打条，也用不着什么技巧，是个人就能干，拿起树剪，噼噼啦啦，把新抽出来的一截都给它铰了就得了。一铰，一地的长着新叶的条。

葡萄的卷须，在它还是野生的时候是有用的，好攀附在别的什么树木上。现在，已经有人给它好好地固定在架上了，就一点用也没有了。卷须这东西最耗养分——凡是作物，都是优先把养分输送到顶端，因此，长出来就给它掐了。

葡萄的卷须有一点淡淡的甜味。这东西如果腌成咸菜，大概不难吃。

五月中下旬，果树开花了。果园，美极了。梨树开花了，苹果树开花了，葡萄也开花了。

都说梨花像雪，其实苹果花才像雪。雪是厚重的，不是透明的。梨花像什么呢？——梨花的瓣子是月亮做的。

有人说葡萄不开花，哪能呢？只是葡萄花很小，颜色淡黄微绿，不钻进葡萄架是看不出的，而且它开花期很短。很快，就结出了绿豆大的葡萄粒。

六月，浇水、喷药、打条、掐须。

葡萄粒长了一点了，一颗一颗，像绿玻璃料做的纽子。硬的。

葡萄不招虫。葡萄会生病，所以要经常喷波尔多液。但是它不像桃，桃有桃食心虫；梨，梨有梨食心虫。葡萄不用疏虫果——果园每年疏虫果是要费很多工的。虫果没有用，黑黑的一个半干的球，可是它耗养分呀！所以，要把它"疏"掉。

七月，葡萄"膨大"了。

掐须、打条、喷药，大大地浇一次水。

追一次肥。追硫铵。在原来施粪肥的沟里撒上硫铵。然后，就把沟填平了，把硫铵封在里面。

汉朝是不会追这次肥的。汉朝没有硫铵。

八月，葡萄"着色"。

你别以为我这里是把画家的术语借用来了。不是的。这是果农的语言，他们就叫"着色"。

下过大雨，你来看看葡萄园吧，那

叫好看！白的像白玛瑙，红的像红宝石，紫的像紫水晶，黑的像黑玉。一串一串，饱满、瓷棒、挺括，璀璨琳琅。你就把《说文解字》里的玉字偏旁的字都搬了来吧，那也不够用呀！

可是你得快来！明天，对不起，你全看不到了。我们要喷波尔多液了。一喷波尔多液，它们的晶莹鲜艳全都没有了，它们蒙上一层蓝兮兮、白乎乎的东西，成了磨砂玻璃。我们不得不这样干。葡萄是吃的，不是看的。我们得保护它。

过不两天，就下葡萄了。

一串一串剪下来，把病果、瘪果去掉，妥妥地放在果筐里。果筐满了，盖上盖，要一个棒小伙子跳上去蹦两下，用麻筋缝的筐盖——新下的果子，不怕压，它很结实，压不坏。倒怕是装不紧，哐里哐当的。那，来回一晃悠，全得烂！

葡萄装上车，走了。

去吧，葡萄，让人们吃去吧！

九月的果园像一个生过孩子的少妇，宁静、

幸福，而慵懒。

我们还给葡萄喷一次波尔多液。哦，下了果子，就不管了？人，总不能这样无情无义吧。

　　十月，我们有别的农活。我们要去割稻子。葡萄，你愿意怎么长，就怎么长着吧。

十一月，葡萄下架。

把葡萄架拆下来。检查一下，还能再用的，搁在一边。糟朽了的，只好烧火。立柱、横梁、小棍，分别堆垛起来。

剪葡萄条。干脆得很，除了老条，一概剪光。葡萄又成了一个大秃子。

剪下的葡萄条，挑有三个芽眼的，剪成二尺多长的一截，捆起来，放在屋里，准备明春插条。

其余的，连枝带叶，都用竹笤帚扫成一堆，装走了。

葡萄园光秃秃。

　　十一月下旬，十二月上旬，葡萄入窖。

　　这是个重活。把老本放倒，挖土把

它埋起来。要埋得很厚实。外面要用铁锹拍平。这个活不能马虎。都要经过验收，才给记工。

葡萄窖，一个一个长方形的土墩墩。一行一行，整整齐齐地排列着。风一吹，土色发了白。

这真是一年的冬景了。热热闹闹的果园，现在什么颜色都没有了。眼界空阔，一览无余，只剩下发白的黄土。

下雪了。我们踏着碎玻璃碴似的雪，检查葡萄窖，扛着铁锹。

一到冬天，要检查几次。不是怕别的，怕老鼠打了洞。葡萄窖里很暖和，老鼠爱往这里面钻。它倒是暖和了，咱们的葡萄可就受了冷啦！

徐志摩 一

北戴河海滨的幻想

幻想破灭是很正常的事

青年永远趋向反叛，爱好冒险；永远如初度航海者，幻想黄金机缘于浩淼的烟波之外；想割断系岸的缆绳，扯起风帆，欣欣地投入无垠的怀抱。

　　他们都到海边去了。我为左眼发炎不曾去。我独坐在前廊，偎坐在一张安适的大椅内，袒着胸怀，赤着脚，一头的散发，不时有风来撩拂。清晨的晴爽，不曾消醒我初起时睡态；但梦思却半被晓风吹断。我阖紧眼帘内视，只见一斑斑消残的颜色，一似晚霞的余赭，留恋地胶附在天边。廊前的马缨、紫荆、藤萝，青翠的叶与鲜红的花，都将他们的妙影映印在水汀上，幻出幽媚的情态无数；我的臂上与胸前，亦满缀了绿荫的斜纹。从树荫的间隙平望，正见海湾：海波亦似被晨曦唤醒，黄蓝相间的波光，在欣然的舞蹈。滩边不时见白涛涌起，迸射着雪样的水花。浴线内点点的小舟与浴客，水禽似的浮着；幼童的欢叫，与水波拍岸声，与潜涛呜咽声，相间的起伏，竟报一滩的生趣与乐意。但我独坐的廊前，却只是静静的，静静的无甚声响。妩媚的马缨，只是幽幽地微颤着，蝇虫也敛翅不飞。只有远近树里的秋蝉在纺纱似的缫引他们不尽的长吟。

在这不尽的长吟中，我独坐在冥想。难得是寂寞的环境，难得是静定的意境；寂寞中有不可言传的和谐，静默中有无限的创造。我的心灵，比如海滨，生平初度的怒潮，已经渐次的消翳，只剩有疏松的海砂中偶尔的回响，更有残缺的贝壳，反映星月的辉芒。此时摸索潮余的斑痕，追想当时汹涌的情景，是梦或是真，再亦不须辩问，只此眉梢的轻皱，

唇边的微哂,已足解释无穷奥绪,深深
的蕴伏在灵魂的微纤之中。

青年永远趋向反叛,爱好冒险;永远如初度
航海者,幻想黄金机缘于浩淼的烟波之外;想割
断系岸的缆绳,扯起风帆,欣欣地投入无垠的怀抱。
他厌恶的是平安,自喜的是放纵与豪迈。无颜色
的生涯,是他目中的荆棘;绝海与凶巘,是他爱
自由的途径。他爱折玫瑰:为她的色香,亦为她
冷酷的刺毒。他爱搏狂澜:为他的庄严与伟大,
亦为他吞噬一切的天才,最是激发他探险与好奇
的动机。他崇拜冲动:不可测,不可节,不可预逆,
起,动,消歇皆在无形中,狂飙似的倏忽与猛烈
与神秘。他崇拜斗争:从斗争中求剧烈的生命之
意义,从斗争中求绝对的实在,在血染的战阵中,
呼嗷胜利之狂欢或歌败丧的哀曲。

幻象消灭是人生里命定的悲剧;青
年的幻灭,更是悲剧中的悲剧,夜一般
的沉黑,死一般的凶恶。纯粹的、猖狂
的热情之火,不同阿拉亭的神灯,只能
放射一时的异彩,不能永久的朗照;转

瞬间，或许，便已敛熄了最后的焰舌，只留存有限的余烬与残灰，在未灭的余温里自伤与自慰。

　　流水之光，星之光，露珠之光，电之光，在青年的妙目中闪耀，我们不能不惊讶造化者艺术之神奇；然可怖的黑影，倦与衰与饱餍的黑影，同时亦紧紧地跟着时日进行，仿佛是烦恼，痛苦，失败，或庸俗的尾曳，亦在转瞬间，彗星似的扫灭了我们最自傲的神辉——流水涸，明星没，露珠散灭，电闪不再！

　　　　在这艳丽的日辉中，只见愉悦与欢舞与生趣，希望，闪烁的希望，在荡漾，在无穷的碧空中，在绿叶的光泽里，在虫鸟的歌吟中，在青草的摇曳中——夏之荣华，春之成功。春光与希望，是长驻的；自然与人生，是调谐的。

　　在远处有福的山谷内，莲馨花在坡前微笑，稚羊在乱石间跳跃，牧童们，有的吹着芦笛，有的平卧在草地上，仰看变幻的浮游的白云，放射下的青影在初黄的稻田中缥缈地移过。在远处安乐的村中,有妙龄的村姑,在流涧边照映她自制的春裙;口衔烟斗的农夫三四,在预度秋收的丰盈,老妇人们坐在家门外阳光中取暖,她们的周围有不少的儿童,手擎着黄白的钱花在环舞与欢呼。

  在远——远处的人间,有无限的平安与快乐,无限的春光⋯⋯

  在此暂时可以忘却无数的落蕊与残红;亦可以忘却花荫中掉下的枯叶,私语地预告三秋的情意;亦可以忘却苦恼的僵瘪的人间,阳光与雨露的殷勤,不能再恢复他们腮颊上生命的微笑;亦可以忘却纷争的互杀的人间,阳光与雨露的仁慈,不能感化他们凶恶的兽性;亦可以忘却庸俗的卑琐的人间,行云与朝露的丰姿,不能引逗他们刹那间的凝视;亦可以忘却自觉的失望的人间,绚烂的春时与媚草,只能反激他们悲伤的意绪。

  我亦可以暂时忘却我自身的种种;忘却我童年期清风白水似的天真;忘却我少年期种种虚荣的希冀;忘却我渐次

的生命的觉悟；忘却我热烈的理想的寻求；忘却我心灵中乐观与悲观的斗争；忘却我攀登文艺高峰的艰辛；忘却刹那的启示与彻悟之神奇；忘却我生命潮流之骤转；忘却我陷落在危险的旋涡中之幸与不幸；忘却我追忆不完全的梦境；忘却我大海底里埋着的秘密；忘却曾经刳割我灵魂的利刃，炮烙我灵魂的烈焰，摧毁我灵魂的狂飙与暴雨；忘却我的深刻的怨与艾；忘却我的冀与愿；忘却我的恩泽与惠感；忘却我的过去与现在……

过去的实在，渐渐地膨胀，渐渐地模糊，渐渐地不可辨认；现在的实在，渐渐地收缩，逼成了意识的一线，细极狭极的一线，又裂成了无数不相连续的黑点……黑点亦渐次的隐翳？幻术似的灭了，灭了，一个可怕的黑暗的空虚……

林徽因 —

一片阳光

生活是由无数个微不足道的瞬间组成的

时间经过二十多年，直到今天，又是这样一泄阳光，一片不可捉摸，不可思议流动的而又恬静的瑰宝，我才明白我那问题是永远没有答案的。

　　放了假，春初的日子松弛下来。将午未午时候的阳光，澄黄的一片，由窗棂横浸到室内，晶莹地四处射。我有点发怔，习惯地在沉寂中惊讶我的周围。我望着太阳那湛明的体质，像要辨别它那交织绚烂的色泽，追逐它那不着痕迹的流动。看它洁净地映到书桌上时，我感到桌面上平铺着一种恬静，一种精神上的豪兴，情趣上的闲逸；即或所谓"窗明几净"，那里默守着神秘的期待，漾开诗的气氛。那种静，在静里似可听到那一处琤琮的泉流，和着仿佛是断续的琴声，低诉着一个幽独者自娱的音调。看到这同一片阳光射到地上时，我感到地面上花影浮动，暗香吹拂左右，人随着晌午的光霭花气在变幻，那种动，柔谐婉转有如无声音乐，令人悠然轻快，不自觉地脱落伤愁。至多，在舒扬理智的客观里使我偶一回头，看看过去幼年记忆步履所留的残迹，有点儿惋惜时间；微微怪时间不能保存情绪，保存那一切情绪所曾流连的境界。

倚在软椅上不但奢侈，也许更是一种过失，有闲的过失。但东坡的辩护："懒者常似静，静岂懒者徒"，不是没有道理。如果此刻不倚榻上而"静"，则方才情绪所兜的小小圈子便无条件地失落了去！人家就不可惜它，自己却实在不能不感到这种亲密的损失的可哀。

就说它是情绪上的小小旅行吧，不走并无不可，不过走走未始不是更好。归根说，我们活在这世上到底最珍惜一些什么？果真珍惜万物之灵的人的活动所产生的种种，所谓人类文化？这人类文化到底又靠一些什么？我们怀疑或许就是人身上那一撮精神同机体的感觉，生理心理所共起的情感，所激发出的一串行为，所聚敛的一点智慧——那么一点点人之所以为人的表现。宇宙万物客观的本无所可珍惜，反映在人性上的山川草木禽兽才开始有了秀丽，有了气质，有了灵犀。反映在人性上的人自己更不用说。没有人的感觉，人的情感，即便有自然，也就没有自然的美，质或神方面更无所谓人的智慧，人的创造，人的一切生活艺术的表现！这样说来，谁该鄙弃自己感觉上的小小旅行？为壮壮自己胆子，我们更该相信唯其人类有这类情绪的驰骋，实际的世间才赓续着产生我们精神所寄托的文物精粹。

  此刻我竟可以微微一咳嗽，乃至于用播音的圆润口调说：我们既然无疑的珍惜文化，即尊重盘古到今种种的艺术——无论是抽象的思想的艺术，或是具体的驾驭天然材料另创的非天然形象——则对于艺术所由来的渊源，那点点人的感觉，人的情感智慧（通称人的情绪），又当如何地珍惜才算合理？

但是情绪的驰骋，显然不是诗或画或任何其他艺术建造的完成。这驰骋此刻虽占了自己生活的若干时间，却并不在空间里占任何一个小小位置！这个情形自己需完全明了。此刻它仅是一种无踪迹的流动，并无栖身的形体。它或含有各种或可捉摸的质素，但是好奇地探讨这个质素而具体要表现它的差事，无论其有无意义，除却本人外，别人是无能为力的。我此刻为着一片清婉可喜的阳光，分明自己在对内心交流变化的各种联想发生一种兴趣的注意，换句话说，这好奇与兴趣的注意已是我此刻生活的活动。一种力量又迫着我来把握住这个活动，而设法表现它，这不易抑制的冲动，或即所谓艺术冲动也未可知！只记得冷静的杜工部散散步，看看花，也不免会有"江上被花恼不彻，无处告诉只颠狂"的情绪上一片紊乱！玲珑煦暖的阳光照人面前，那美的感人力量就不减于花，不容我生硬地自己把情绪分划为有闲与实际的两种，而权其轻重，然后再决定取舍的。我也只有情绪上的一片紊乱。

情绪的旅行本偶然的事,今天一开头并为着这片春初昀午的阳光,现在也还是为着它。房间内有两种豪侈的光常叫我的心绪紧张如同花开,趁着感觉的微风,深浅零乱于冷智的枝叶中间。一种是烛光,高高的台座,长垂的烛泪,熊熊红焰当帘幕四下时各处光影掩映。那种闪烁明艳,雅有古意,明明是画中景象,却含有更多诗的成分。另一种便是这初春昀午的阳光,到时候有意无意地大片子洒落满室,那些窗棂栏板几案笔砚浴在光霭中,一时全成了静物图案;再有红蕊细枝点缀几处,室内更是轻香浮溢,叫人俯仰全触到一种灵性。

这种说法怕有点会发生误会,我并不说这片阳光射入室内,需要笔砚花香那些儒雅的托衬才能动人,我的意思倒是:室内顶寻常的一些供设,只要一片阳光这样又幽娴又洒脱地落在上面,一切都会带上另一种动人的气息。

这里要说到我最初认识的一片阳

光。那年我六岁，记得是刚刚出了水珠以后——水珠即寻常水痘，不过我家乡的话叫它做水珠。当时我很喜欢那美丽的名字，忘却它是一种病，因而也觉到一种神秘的骄傲。只要人过我窗口问问出"水珠"吗？我就感到一种荣耀。那个感觉至今还印在脑子里。也为这个缘故，我还记得病中奢侈的愉悦心境。虽然同其他多次的害病一样，那次我仍然是孤独地被囚禁在一间房屋里休养的。那是我们老宅子里最后的一进房子；白粉墙围着小小院子，北面一排三间，当中夹着一个开敞的厅堂。我病在东头娘的卧室里。西头是婶婶的住房。娘同婶永远要在祖母的前院里行使她们女人们的职务的，于是我常是这三间房屋唯一留守的主人。

在那三间屋子里病着，那经验是难堪的。时间过得特别慢，尤其是在日中毫无睡意的时候。起初，我仅集注我的听觉在各种似脚步，又不似脚步的上面。猜想着，等候着，希望着人来。间或听听隔墙各种琐碎的声音,由墙基底下传达出来又消敛了去。过一会儿,我就不耐烦了——不记得是怎样的,我就蹑着鞋,挨着木床走到房门边。房门向着厅堂斜斜地开着一扇,我便扶着门框好奇地向外探望。

  那时大概刚是午后两点钟光景,一张刚开过饭的八仙桌,异常寂寞地立在当中。桌下一片由厅口处射进来的阳光,泄泄融融地倒在那里。一个绝对悄寂的周围伴着这一片无声的金色的晶莹,不知为什么,忽使我六岁孩子的心里起了一次极不平常的振荡。

那里并没有几案花香,美术的布置,只是一张极寻常的八仙桌。如果我的记忆没有错,那上面在不多时间以前,是刚陈列过咸鱼、酱菜一类极寻常俭朴的午餐的。小孩子的心却呆了。或许两只眼睛倒张大一点,四处地望,似乎在寻觅一个问题的答案。为什么那片阳光美得那样动人?我记得我爬到房内窗前的桌子上坐着,有意无意地望望窗外,院里粉墙疏影同室内那片金色和煦绝然不同趣味。顺便我翻开手边娘梳妆用的旧式镜箱，又上下摇动那小排状抽屉，同那刻成花篮形的小铜坠子，不时听雀跃过枝清脆的鸟语。心里却仍为那片阳光隐有一片模糊的疑问。

时间经过二十多年，直到今天，又是这样一泄阳光，一片不可捉摸，不可思议流动的而又恬静的瑰宝，我才明白我那问题是永远没有答案的。事实上仅是如此：一张孤独的桌，一角寂寞的厅堂。一只灵巧的镜箱，或窗外断续的鸟语，和水珠——那美丽小孩子的病名——便凑巧永远同初春静沉的阳光整整复斜斜地成了我回忆中极自然的联想。

汪曾祺 —

生机

生的本能

> 这几片绿叶使我欣慰，并且，并不夸张地说，使我获得一点生活的勇气。

芋头

一九四六年夏天，我离开昆明，去上海，途经香港，因为等船期，滞留了几天，住在一家华侨公寓的楼上。这是一家下等公寓，已经很敝旧了，墙壁多半没有粉刷过。住客是开机帆船的水手，跑澳门做鱿鱼、蚝油生意的小商人，准备到南洋开饭馆的厨师，还有一些说不清是什么身份的角色。这里吃住都是很便宜的。住,很简单,有一条席子,随便哪里都能躺一夜。每天两顿饭,米很白。菜是一碟炒通菜,一碟在开水里焯过的墨斗鱼脚,还顿顿如此。墨斗鱼脚,我倒爱吃,因为这是海味。——我在昆明七年,很少吃到海味。只是心情很不好。我到上海,想去谋一个职业,一点着落也没有,真是前途渺茫。带来的钱,买了船票,已经所剩无几。在这里又是举目无亲,连一个可以说说话的人都没有。我整天无所事事,除了到皇后道、德辅道去瞎逛,就是踅到走廊上去看水手、小商人、厨师打麻将。真是无聊呀。

我忽然发现了一个奇迹,一棵芋头!楼上的一侧,一个很大的阳台,阳台上堆着一堆煤块,煤块里竟然长出一棵芋头!大概不知是谁把一个不中吃的芋头随手扔在煤堆里,它竟然活了。没有土壤,更没有肥料,仅仅靠了一点雨水,它,长出了几片碧绿肥厚的大叶子,在微风里高高兴兴地摇曳着。在寂寞的羁旅之中看到这几片绿叶,我心里真是说不出的喜欢。

这几片绿叶使我欣慰,并且,并不夸张地说,使我获得一点生活的勇气。

豆芽

秦老九去点豆子。所有的田埂都点到了。——豆子一般都点在田埂的两侧,叫作"豆埂",很少占用好地的。豆子不需要精心管理,任其自由生长。谚云:"懒媳妇种豆。"还剩下一把。秦老九懒得把这豆子带回去。就掀开路旁一块石头,把豆子撒到石头下面,说了一声:"去你妈的。"又把石头放下了。

过了一阵,过了谷雨,立夏了,秦老九到田头去干活,路过这块石头,他的眼睛瞪得像铃铛:石头升高了!他趴下来看看!豆子发了芽,一群豆芽把石头顶起来了。

"咦!"
刹那之间,秦老九成了一个哲学家。

长进树皮里的铁蒺藜

玉渊潭当中有一条南北的长堤,把玉渊潭隔成了东湖和西湖。堤中间有一水闸,东西两湖之水可通。东湖挨近钓鱼台。"四人帮"横行时期,沿东湖岸边拦了铁丝网。附近的老居民把铁丝网叫做铁蒺藜。铁丝网就缠在湖边的柳树干上,绕一个圈,用钉子钉死。东湖被圈禁起来了。湖里长满了水草,有成群的野鸭凫游,没有人。湖中的堤上还可以通过,也可以散散步,但是最好不要停留太久,更不能拍照。我的孩子有一次带了一个照相机,举起来对着钓鱼台方向比了比,马上走过来一个解放军,很严肃地说:"不许拍照!"行人从堤上过,总不禁要向钓鱼台看两眼,心里想:那里头现在在干什么呢?

"四人帮"粉碎后,铁丝网拆掉了。东湖解放了。岸上有人散步,遛鸟,湖里有了游船,还有人划着轮胎内带扎成的筏子撒网捕鱼,有人弹吉他、吹口琴、唱歌。住在附近的老人每天在固定的地方聚会闲谈。他们谈柴米油盐、男婚女嫁、玉渊潭的变迁……

　　　　但是铁蒺藜并没有拆净。有一棵柳树上还留着一圈。铁蒺藜勒得紧，柳树长大了，把铁蒺藜长进树皮里去了。兜着铁蒺藜的树皮愈合了，鼓出了一圈，外面还露着一截铁的毛刺。

有人问："这棵树怎么啦？"

一个老人说："铁蒺藜勒的！"

这棵柳树将带着一圈长进树皮里的铁蒺藜继续往上长，长得很大，很高。

第二章

阴影也是可以乘凉的

逍遥自在的神仙的确是比监狱中终身监禁的犯人还苦得多。闭在黑暗房里的囚犯还能做些梦消遣，神仙们什么事一想立刻就成功，简直没有做梦的可能了。

一 史铁生

轻轻地走与轻轻地来

身体的挫折

现在我常有这样的感觉：死神就坐在门外的过道里，坐在幽暗处，凡人看不到的地方，一夜一夜耐心地等我。不知什么时候它就会站起来，对我说：嘿，走吧。我想那必是不由分说。但不管是什么时候，我想我大概仍会觉得有些仓促，但不会犹豫，不会拖延。

"轻轻地我走了，正如我轻轻地来"——我说过，徐志摩这句诗未必牵涉生死，但在我看，却是对生死最恰当的态度，作为墓志铭真是再好也没有。

"轻轻地我走了，正如我轻轻地来"——我说过，徐志摩这句诗未必牵涉生死，但在我看，却是对生死最恰当的态度，作为墓志铭真是再好也没有。

死，从来不是一次性完成的。陈村有一回对我说：人是一点一点死去的，先是这儿，再是那儿，一步一步终于完成。他说得很平静，我漫不经心地附和，我们都已经活得不那么在意死了。

这就是说，我正在轻轻地走，灵魂正在离开这个残损不堪的躯壳，一步步告别着这个世界。这样的时候，不知别人会怎样想，我则尤其想起轻轻地来的神秘。比如想起清晨、晌午和傍晚变幻的阳光，想起一方蓝天，一个安静的小院，一团扑面而来的柔和的风，风中仿佛从来就有母亲和奶奶轻声的呼唤……不知道别人是否也会像我一样，由衷地惊讶：往日呢？往日的一切都到哪儿去了？

生命的开端最是玄妙，完全的无中生有。好没影儿的忽然你就进入了一种情况，一种情况引出另一种情况,顺理成章天衣无缝,一来二去便连接出一个现实世界。真的很像电影,虚无的银幕上,比如说忽然就有了一个蹲在草丛里玩耍的孩子,太阳照耀他,照耀着远山、近树和草丛中的一条小路。然后孩子玩腻了,沿小路蹒跚地往回走,于是又引出小路尽头的一座房子,门前正在张望他的母亲,埋头于烟斗或报纸的父亲,引出一个家,随后引出一个世界。孩子只是跟随这一系列情况走,有些一闪即逝,有些便成为不可更改的历史,以及不可更改的历史的原因。这样,终于有一天孩子会想起开端的玄妙:无缘无故,正如先哲所言——人是被抛到这个世界上来的。

其实,说"好没影儿的忽然你就进入了一种情况"和"人是被抛到这个世界上来的",这两句话都有毛病,在"进入情况"之前并没有你,在"被抛到这世界上来"之前也无所谓人。——不过这应该是哲学家的题目。

对我而言,开端,是北京的一个普通四合院。我站在炕上,扶着窗台,透过玻璃看它。屋里有些昏暗,窗外阳光明媚。近处是一排绿油油的榆树矮墙，越过榆树矮墙远处有两棵大枣树，枣树枯黑的枝条镶嵌进蓝天，枣树下是四周静静的窗廊。——与世界最初的相见就是这样，简单，但印象深刻。复杂的世界尚在远方，或者，它就蹲在那安恬的时间四周窃笑，看一个幼稚的生命慢慢睁开眼睛，萌生着欲望。

奶奶和母亲都说过：你就出生在那儿。

其实是出生在离那儿不远的一家医院。生我的时候天降大雪。一天一宿罕见的大雪，路都埋了，奶奶抱着为我准备的铺盖蹚着雪走到医院，走到产房的窗檐下，在那儿站了半宿，天快亮时才听见我轻轻地来了。母亲稍后才看见我来了。奶奶说，母亲为生了那么个丑东西伤心了好久，那时候母亲年轻又漂亮。这件事母亲后来闭口不谈，只说我来的时候"一层黑皮包着骨头"，她这样说的时候已经流露着欣慰，看我渐渐长得像回事了。但这一切都是真的吗？

我蹒跚地走出屋门，走进院子，一个真实的

——史铁生

生命的开端最是玄妙，完全的无中生有。

世界才开始提供凭证。太阳晒热的花草的气味，太阳晒热的砖石的气味，阳光在风中舞蹈、流动。青砖铺成的十字甬道连接起四面的房屋，把院子隔成四块均等的土地，两块上面各有一棵枣树，另两块种满了西番莲。西番莲顾自开着硕大的花朵，蜜蜂在层叠的花瓣中间钻进钻出，嗡嗡地开采。蝴蝶悠闲飘逸，飞来飞去，悄无声息仿佛幻影。枣树下落满移动的树影，落满细碎的枣花。青黄的枣花像一层粉，覆盖着地上的青苔，很滑，踩上去要小心。天上，或者是云彩里，有些声音，有些缥缈不知所在的声音——风声？铃声？还是歌声？说不清，很久我都不知道那到底是什么声音，但我一走到那块蓝天下面就听见了它，甚至在襁褓中就已经听见它了。那声音清朗，欢欣，悠悠扬扬，不紧不慢，仿佛是生命固有的召唤，执意要你去注意它，去寻找它、眺望它，甚或去投奔它。

我迈过高高的门槛，艰难地走出院门，眼前是一条安静的小街，细长、规整，两三个陌生的身影走过，走向东边的朝阳，走进西边的落日。东边和西边都不知通向哪里,都不知连接着什么,唯那美妙的声音不惊不懈,如风如流……

我永远都看见那条小街,看见一个孩子站在门前的台阶上眺望。朝阳或是落日弄花了他的眼睛,浮起一群黑色的斑点,他闭上眼睛,有点儿怕,不知所措,很久,再睁开眼睛,啊好了,世界又是一片光明……有两个黑衣的僧人在沿街的房檐下悄然走过……几只蜻蜓平稳地盘桓,翅膀上闪动着光芒……鸽哨声时隐时现,平缓,悠长,渐渐地近了,扑噜噜飞过头顶,又渐渐远了,在天边像一团飞舞的纸屑……这是件奇怪的事,我既看见我的眺望,又看见我在眺望。

那些情景如今都到哪儿去了?那时刻,那孩子,那样的心情,惊奇和痴迷的目光,一切往日情景,都到哪儿去了?它们飘进了宇宙,是呀,飘去五十年了。但这是不是说,它们只不过飘离了此时此地,其实它们依然存在?

梦是什么?回忆,是怎么一回事?

倘若在五十光年之外有一架倍数足够大的望远镜,有一个观察点,料必那些情景便依然如故,那条小街,小街上空的鸽群,两个无名的僧人,蜻蜓翅膀上的闪光和那个痴迷的孩子,还有天空中美妙的声音,便一如既往。如果那望远镜以光的速度继续跟随,那个孩子便永远都站在那条小街上,痴迷地眺望。要是那望远镜停下来,停在五十光年之外的某个地方,我的一生就会依次重现,五十年的历史便将从头上演。

真是神奇。很可能,生和死都不过取决于观察,取决于观察的远与近。比如,当一颗距离我们数十万光年的星星实际早已熄灭,它却正在我们的视野里度着它的青年时光。

时间限制了我们,习惯限制了我们,谣言般的舆论让我们陷于实际,让我们在白昼的魔法中闭目塞听不敢妄为。白昼是一种魔法,一种符咒,让僵死的规则畅行无阻,让实际消磨掉神奇。所有的人都在白昼的魔法之下扮演着紧张、呆板的角色，一切言谈举止，一切思绪与梦想，都仿佛被预设的程序所圈定。

因而我盼望夜晚，盼望黑夜，盼望寂静中自由的到来。

甚至盼望站到死中，去看生。

我的躯体早已被固定在床上，固定在轮椅中，但我的心魂常在黑夜出行，脱离开残废的躯壳，脱离白昼的魔法，脱离实际，在尘嚣稍息的夜的世界里游逛，听所有的梦者诉说，看所有放弃了尘世角色的游魂在夜的天空和旷野中揭开另一种戏剧。风，四处游走，串联起夜的消息，从沉睡的窗口到沉睡的窗口，去探望被白昼忽略了的心情。另一种世界，蓬蓬勃勃，夜的声音无比辽阔。是呀，那才是写作啊。至于文学，我说过我跟它好像不大沾边儿，我一心向往的只是这自由的夜行，去到一切心魂的由衷的所在。

— 汪曾祺

跑警报

炮火的恐惧

西南联大有一位历史系的教授，——听说是雷海宗先生，他开的一门课因为讲授多年，已经背得很熟，上课前无需准备；下课了，讲到哪里算哪里，他自己也不记得。每回上课，都要先问学生："我上次讲到哪里了？"然后就滔滔不绝地接着讲下去。班上有个女同学，笔记记得最详细，一句不落。雷先生有一次问她：

马锅头押着马帮，从这条斜阳古道上走过，马项铃哗棱哗棱地响，很有点浪漫主义的味道，有时会引起远客的游子一点淡淡的乡愁……

"我上一课最后说的是什么?"这位女同学打开笔记夹,看了看,说:"您上次最后说:'现在已经有空袭警报,我们下课。'"

这个故事说明昆明警报之多。我刚到昆明的头二年,一九三九、一九四〇年,三天两头有警报。有时每天都有,甚至一天有两次。昆明那时几乎说不上有空防力量,日本飞机想什么时候来就来。有时竟至在头一天广播:明天将有二十七架飞机来昆明轰炸。日本的空军指挥部还真言而有信,说来准来!

一有警报,别无他法,大家就都往郊外跑,叫作"跑警报"。"跑"和"警报"联在一起,构成一个语词,细想一下,是有些奇特的,因为所跑的并不是警报。这不像"跑马""跑生意"那样通顺。但是大家就这么叫了,谁都懂,而且觉得很合适。也有叫"逃警报"或"躲警报"的,都不如"跑警报"准确。"躲",太消极;"逃",又太狼狈。唯有这个"跑"字于紧张中透出从容,最有风度,也最能表达丰富生动的内容。

有一个姓马的同学最善于跑警报。他早起看天,只要是万里无云,不管有无警报,他就背了一壶水,带点吃的,夹着一卷温飞卿或李商隐的诗,向郊外走去。直到太阳偏西,估计日本飞机不会来了,才慢慢地回来。这样的人不多。

警报有三种。如果在四十多年前向人介绍警报有几种,会被认为有"神经病",这是谁都知道的。然而对今天的青年,却是一项新的课题。一曰"预行警报"。

联大有一个姓侯的同学,原系航校学生,因为反应迟钝,被淘汰下来,读了联大的哲学心理系。此人对于航空旧情不忘,曾用黄色的"标语纸"贴出巨幅"广告",举行学术报告,题曰《防空常识》。他不知道为什么对"警报"特别敏感。他正在听课,忽然跑了出去,站在"新校舍"的南北通道上,扯起嗓子大声喊叫:"现在有预行警报,五华山挂了三个红球!"可不!抬头望南一看，五华山果然挂起了三个很大的红球。五华山是昆明的制高点，红球挂出，全市皆见。我们一直很奇怪：他在教室里，正在听讲，怎么会"感觉"到五华山挂了红球呢？——教室的门窗并不都正对五华山。

一有预行警报，市里的人就开始向郊外移动。住在翠湖迆北的，多半出北门或大西门，出大西门的似尤多。大西门外，越过联大新校舍门前的公路，有一条由南向北的用浑圆的石块铺成的宽可五六尺的小路。这条路据说是古驿道，一直可以通到滇西。路在山沟里。平常走的人不多。常见的是驮着盐巴、碗糖或其他货物的马帮走过。赶马的马锅头侧身坐在木鞍上，从齿缝里咝咝地吹出口哨（马锅头吹口哨都是这种吹法，没有撮唇而吹的），或低声唱着呈贡"调子"：

哥那个在至高山那个放呀放放牛，
妹那个在至花园那个梳那个梳梳头。
哥那个在至高山那个招呀招招手，
妹那个在至花园点那个点点头。

这些走长道的马锅头有他们的特殊装束。他们的短褂外都套了一件白色的羊皮背心,脑后挂着漆布的凉帽,脚下是一双厚牛皮底的草鞋状的凉鞋,鞋帮上大都绣了花,还钉着亮晶晶的"鬼眨眼"亮片。——这种鞋似只有马锅头穿,我没见从事别种行业的人穿过。马锅头押着马帮,从这条斜阳古道上走过,马项铃哗棱哗棱地响,很有点浪漫主义的味道,有时会引起远客的游子一点淡淡的乡愁……

有了预行警报,这条古驿道就热闹起来了。从不同方向来的人都拥向这里,形成了一条人河。走出一截,离市较远了,就分散到古道两旁的山野,各自寻找一个合适的地方待下来,心平气和地等着,——等空袭警报。

联大的学生见到预行警报,一般是不跑的,都要等听到空袭警报——汽笛声一短一长,才动身。新校舍北边围墙上有一个后门,出了门,过铁道(这条铁道不知起讫地点,从来也没见有火车通过),就是山野了。要走,完全来得及。——所以雷先生才会说"现在已经有空袭警报"。只有预行警报,联大师生一般都是照常上课的。

跑警报大都没有准地点,漫山遍野。但人也有习惯性,跑惯了哪里,愿意上哪里。大多是找一个坟头,这样可以靠靠。昆明的坟多有碑,碑上除了刻下坟主的名讳,还刻出"×山×向",并开出坟茔的"四至"。这风俗我在别处还未见过。这大概也是一种古风。

说是漫山遍野,但也有几个比较集中的"点"。古驿道的一侧,靠近语言研究所资料馆不远,有一片马尾松林,就是一个点。这地方除了离学校近,有一片碧绿的马尾松,树下一层厚厚的干了的松毛,很软和,空气好,——马尾松挥发出很重的松脂气味,晒着从松枝间漏下的阳光,或仰面看松树上面的蓝得要滴下来的天空,都极舒适外,是因

> 这种「不在乎」精神，是永远征不服的。
> ——汪曾祺

为这里还可以买到各种零吃。昆明做小买卖的，有了警报，就把担子挑到郊外来了。五味俱全，什么都有。最常见的是"丁丁糖"。"丁丁糖"即麦芽糖，也就是北京人祭灶用的关东糖，不过做成一个直径一尺多，厚可一寸许的大糖饼，放在四方的木盘上，有人掏钱要买，糖贩即用一个刨刃形的铁片楔入糖边，然后用一个小小铁锤，一击铁片，丁的一声，一块糖就震裂下来了，——所以叫作"丁丁糖"。其次是炒松子。昆明松子极多，个大皮薄仁饱，很香，也很便宜。我们有时能在松树下面捡到一个很大的成熟了的生的松球，就掰开鳞瓣，一颗一颗地吃起来。——那时候，我们的牙都很好，那么硬的松子壳，一嗑就开了！

另一个集中点比较远，得沿古驿道走出四五里，驿道右侧较高的土山上有一横断的山沟（大概是哪一年地震造成的），沟深约三丈，沟口有二丈多宽，沟底也宽有六七尺。这是一个很好的天然防空沟，日本飞机若是投弹，只要不是直接命中，落在沟里，即便是在沟顶上爆炸，弹片也不易蹦进来。机枪扫射也不要紧，沟的两壁是死角。这道沟可以容数百人。有人常到这里，就利用闲空，在沟壁上修了一些私人专用的防空洞，大小不等，形式不一。这些防空洞不仅表面光洁，有的还用碎石子或破瓷片嵌出图案，缀成对联。对联大都有新意。我至今记得两副，一副是：

　　人生几何
　　恋爱三角

一副是：

　　见机而作
　　入土为安

　　　对联的嵌缀者的闲情逸致是很可叫人佩服的。前一副也许是有感而发，后一副却是纪实。

警报有三种。预行警报大概是表示日本飞机

已经起飞。拉空袭警报大概是表示日本飞机进入云南省境了,但是进云南省不一定到昆明来。等到汽笛拉了紧急警报——连续短音,这才可以肯定是朝昆明来的。空袭警报到紧急警报之间,有时要间隔很长时间,所以到了这里的人都不忙下沟——沟里没有太阳,而且过早地像云冈石佛似的坐在洞里也很无聊,大都先在沟上看书、闲聊、打桥牌。很多人听到紧急警报还不动,因为紧急警报后日本飞机也不定准来,常常是折飞到别处去了。要一直等到看见飞机的影子了,这才一骨碌站起来,下沟,进洞。联大的学生,以及住在昆明的人,对跑警报太有经验了,从来不仓皇失措。

上举的前一副对联或许是一种泛泛的感慨,但也是有现实意义的。跑警报是谈恋爱的机会。联大同学跑警报时,成双作对的很多。空袭警报一响,男的就在新校舍的路边等着,有时还提着一袋点心吃食,宝珠梨、花生米……他等的女同学来了,"嗨!"于是欣然并肩走出新校舍的后门。跑警报说不上是同生死,共患难,但隐隐约约有那么一点危险感,和看电影、遛翠湖时不同。这一点危险感使两方的关系更加亲近了。女同学乐于有人伺候,男同学也正好殷勤照顾,表现一点骑士风度。正如孙悟空在高老庄所说:"一来医得眼好,二来又照顾了郎中,这是凑四合六的买卖。"从这点来说,跑警报是颇为罗曼蒂克的。有恋爱,就有三角,有失恋。跑警报的"对儿"并非总是固定的,有时一方被另一方"甩"了,两人"吹"了,"对儿"就要重新组合。写(姑且叫作"写"吧)那副对联的,大概就是一位被"甩"的男同学。不过,也不一定。

警报时间有时很长,长达两三个小时,也很"腻歪"。紧急警报后,日本飞机轰炸已毕,人们就轻松下来。不一会儿,"解除警报"响了——汽笛拉长音,大家就起身拍拍尘土,络绎不绝地返回市里。也有时不等解除警报,很多人就往回走:天上起了乌云,要下雨了。一下雨,日本飞机不会来。在野地里被雨淋湿,可不是事!一有雨,我们有一个同学一定是一马当先往回奔,就是前面所说那位报告预行警报的姓侯的。他奔回新校舍,到各个宿舍搜罗了很多雨伞,放在新校舍的后门外,见有女同学来,就递过一把。他怕这些女同学挨淋。这位侯同学长得五大三粗,却有一副贾宝玉的心肠。大概是上了吴雨僧先生的《红楼梦》的课,受了影响。侯兄送伞,已成定例。警报下雨,一次不落。名闻全校,贵在有恒。——这些伞,等雨住后他还会到南院女生宿舍去敛回来,再归还原主的。

跑警报,大都要把一点值钱的东西带在身边。最方便的是金子,——金戒指。有一位哲学系的研究生曾经做了这样的逻辑推理:有人带金子,必有人会丢掉金子,有人丢金子,就会有人捡到金子,我是人,故我可以捡到金子。因此,他跑警报时,特别是解除警报以后,他每次都很留心地巡视路面。他当真两次捡到过金戒指!逻辑推理有此妙用,大概是教逻辑学的金岳霖先生所未料到的。

联大师生跑警报时没有什么可带,因为身无

长物，一般大都是带两本书或一册论文的草稿。有一位研究印度哲学的金先生每次跑警报总要提了一只很小的手提箱。箱子里不是什么别的东西，是一个女朋友写给他的信——情书。他把这些情书视如性命，有时也会拿出一两封来给别人看。没有什么不能看的，因为没有卿卿我我的肉麻的话，只是一个聪明女人对生活的感受，文字很俏皮，充满了英国式的机智，是一些很漂亮的essay，字也很秀气。这些信实在是可以拿来出版的。金先生辛辛苦苦地保存了多年，现在大概也不知去向了，可惜。我看过这个女人的照片，人长得就像她写的那些信。

  联大同学也有不跑警报的，据我所知，就有两人。一个是女同学，姓罗。一有警报，她就洗头。别人都走了，锅炉房的热水没人用，她可以敞开来洗，要多少水有多少水！另一个是一位广东同学，姓郑。他爱吃莲子。一有警报，他就用一个大漱口缸到锅炉火口上去煮莲子。警报解除了，他的莲子也烂了。有一次日本飞机炸了联大，昆明北院、南院，都落了炸弹，这位郑老兄听着炸弹乒乒乓乓在不远的地方爆炸，依然在新校舍大图书馆旁的锅炉上神色不动地搅和他的冰糖莲子。

抗战期间，昆明有过多少次警报，日本飞机来过多少次，无法统计。自然也死了一些人，毁了一些房屋。就我的记忆，大东门外，有一次日本飞机机枪扫射，田地里死的人较多。大西门外小树林里曾炸死了好几匹驮木柴的马。此外似无较大伤亡。警报、轰炸，并没有使人产生血肉横飞，一片焦土的印象。

日本人派飞机来轰炸昆明，其实没有什么实际的军事意义，用意不过是吓唬吓唬昆明人，施加威胁，使人产生恐惧。他们不知道中国人的心理是有很大的弹性的，不那么容易被吓得魂不附体。我们这个民族，长期以来，生于忧患，已经很"皮实"了，对于任何猝然而来的灾难，都用一种"儒道互补"的精神对待之。这种"儒道互补"的真髓，即"不在乎"。这种"不在乎"精神,是永远征不服的。

为了反映"不在乎",作《跑警报》。

一　丰子恺

初冬浴日漫感

思想的困顿

　　离开故居一两个月，一旦归来，坐到南窗下的书桌旁时第一感到异样的，是小半书桌的太阳光。原来夏已去，秋正尽，初冬方到，窗外的太阳已随分南倾了。

　　把椅子靠在窗缘上，背着窗坐了看书，太阳光笼罩了我的上半身。它非但

> 这一切生命之母的太阳似乎正在把一种祛病延年、起死回生的乳汁，通过了他的光线而流注到我的体中来。

不像一两月前地使我讨厌，反使我觉得暖烘烘地快适。这一切生命之母的太阳似乎正在把一种祛病延年、起死回生的乳汁，通过了他的光线而流注到我的体中来。

我掩卷冥想：我吃惊于自己的感觉，为什么忽然这样变了？前日之所恶变成了今日之所欢；前日之所弃变成了今日之所求；前日之仇变成了今日之恩。张眼望见了弃置在高阁上的扇子，又吃一惊。前日之所欢变成了今日之所恶；前日之所求变成了今日之所弃；前日之恩变成了今日之仇。

忽又自笑："夏日可畏，冬日可爱"，以及"团扇弃捐"，乃古之名言，夫人皆知，又何足吃惊？于是我的理智屈服了。但是我的感觉仍不屈服，觉得当此炎凉递变的交代期上，自有一种异样的感觉，足以使我吃惊。这仿佛是太阳已经落山而天还没有全黑的傍晚时光：我们还可以感到昼，同时已可以感到夜。又好比一脚已跨上船而一脚尚在岸上的

——冬日可爱。
——丰子恺

登舟时光：我们还可以感到陆，同时已可以感到水。我们在夜里固皆知道有昼，在船上固皆知道有陆，但只是"知道"而已，不是"实感"。我久被初冬的日光笼罩在南窗下，身上发出汗来，渐渐润湿了衬衣。当此之时，浴日的"实感"与挥扇的"实感"在我身中混成一气，这不是可吃惊的经验吗？

于是我索性抛书，躺在墙角的藤椅里，用了这种混成的实感而环视室中，觉得有许多东西大变了相。有的东西变好了：像这个房间，在夏天常嫌其太小，洞开了一切窗门，还不够，几乎想拆去墙壁才好。但现在忽然大起来，大得很！不久将要用屏帏把它隔小来了。又如案上这把热水壶，以前曾被茶缸驱逐到碗橱的角里，现在又像纪念碑似的矗立在眼前了。棉被从前在伏日里晒的时候，大家讨嫌它既笨且厚，现在铺在床里，忽然使人悦目，样子也薄起来了。沙发椅子曾经想卖掉，现在幸而没有人买去。从前曾经想替黑猫脱下皮袍子，现在却羡慕它了。反之，有的东西变坏了：像风，从前人遇到了它都称"快哉！"

欢迎它进来。现在渐渐拒绝它,不久要像防贼一样严防它入室了。又如竹榻,以前曾为众人所宝,极一时之荣。现在已无人问津,形容枯槁,毫无生气了。壁上一张汽水广告画。角上画着一大瓶汽水,和一只泛溢着白泡沫的玻璃杯,下面画着海水浴图。以前望见汽水图口角生津,看了海水浴图恨不得自己做了画中人,现在这幅画几乎使人打寒噤了。裸体的洋囡囡跌坐在窗口的小书架上,以前觉得它太写意,现在看它可怜起来。希腊古代名雕的石膏模型 Venus(维纳斯)立像,把裙子褪在大腿边,高高地独立在凌空的花盆架上。我在夏天看见她的脸孔是带笑的,这几天望去忽觉其容有戚,好像在悲叹她自己失却了两只手臂,无法拉起裙子来御寒。

其实,物何尝变相?是我自己的感觉变叛了。感觉何以能变叛?是自然教它的。自然的命令何其严重:夏天不由你不爱风,冬天不由你不爱日。自然的命令又何其滑稽:在夏天定要你赞颂冬天所诅咒的,在冬天定要你诅咒夏天所赞颂的!

人生也有冬夏。童年如夏,成年如冬;或少壮如夏,老大如冬。在人生的冬夏,自然也常教人的感觉变叛,其命令也有这般严重,又这般滑稽。

冯骥才

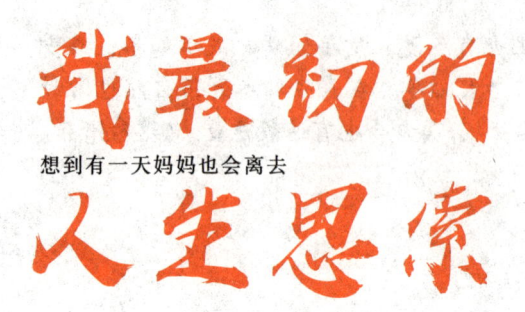

我最初的人生思索

想到有一天妈妈也会离去

> 灯光怎么使生活显得这么狭小,它只照亮身边;而夜,黑黑的,却顿时把天地变得如此广阔、无限深长呢?

　　大概是我九岁那年的晚秋,因为穿着很薄的衣服在院里跑着玩,跑得一身汗,又站在胡同口去看一个疯子,拍了风,病倒了。病得还不轻呢!面颊烧得火辣辣的,脑袋晃晃悠悠,不想吃东西,怕光,尤其受不住别人嗡嗡出声地说话……

　　妈妈就在外屋给我架一张床,床前

的茶几上摆了几瓶味苦难吃的药，还有与其恰恰相反，挺好吃的甜点心和一些很大的梨。妈妈用手绢遮在灯罩上，嗯，真好！灯光细密的针芒再不来逼刺我的眼睛了，同时把一些奇形怪状的影子映在四壁上。为什么精神颓萎的人竟贪享一般地感到昏暗才舒服呢？

我和妈妈住的那间房有扇门通着。该入睡时，妈妈披一条薄毯来问我还难受不？想吃什么？然后，她低下身来，用她很凉的前额抵一抵我的头，那垂下来的毯边的丝穗弄得我的肩膀怪痒的。"还有点烧，谢天谢地，好多了……"她说。在半明半暗的灯光里，妈妈朦胧而温柔的脸上现出爱抚和舒心的微笑。

最后，她扶我吃了药，给我盖了被子，就回屋去睡了。只剩下我自己了。

我一时睡不着，便胡思乱想起来。总想编个故事解解闷，但脑子里乱得很，好像一团乱线，抽不出一个可以清晰地思索下去的线头。白天留下的印象搅成一团：那个疯子可笑和可怕的样子总缠着我，不想不行；还有追猫呀，大笑呀，死蜻蜓呀，然后是哥哥打我，挨骂了，呕吐了，又是挨骂；鸡蛋汤冒着热气儿……穿白大褂的那个老头，拿着一个连在耳朵上的冰凉的小铁疙瘩，一个劲儿地在我胸脯上乱摁；后来我觉得脑子完全混乱，不听使唤，便什么也不去想，渐渐感到眼皮很重，昏沉沉中，觉得茶几上几只黄色的梨特别刺眼，灯光也讨厌得很，昏暗、无聊、没用，呆呆地照着。睡觉吧，我伸手把灯闭了。

　　黑了！霎时间好像一切都看不见了。怎么这么安静、这么舒服呀……

　　跟着，月光好像刚才一直在窗外窥探，此刻从没拉严的窗帘的缝隙里钻了进来，碰到药瓶上、瓷盘上、铜门把手上，散发出淡淡发蓝的幽光。远处一家作坊的机器有节奏地响着，不一会儿也停下来了。偶尔，从很远很远的地方传来货轮的鸣笛声，声音沉闷而悠长……

　　灯光怎么使生活显得这么狭小，它

只照亮身边；而夜，黑黑的，却顿时把天地变得如此广阔、无限深长呢？

我那个年龄并不懂得这些。思索只是简单、即时和短距离的；忧愁和烦恼还从未有乘着夜静和孤独悄悄爬进我的心里。我只觉得这黑夜中的天地神秘极了，浑然一气，深不可测，浩无际涯；我呢，这么小，无依无靠，孤孤单单；这黑洞洞的世界仿佛要吞掉我似的。这时，我感到身下的床没了，屋子没了，地面也没了，四处皆空，一切都无影无踪；自己恍惚悬在天上了，躺在软绵绵的云彩上……周围那样旷阔，一片无穷无尽的透明的乌蓝色，这云也是乌蓝乌蓝的；远远近近还忽隐忽现地闪烁着星星般五光十色的亮点儿……

这天究竟有多大，它总得有个尽头呀！哪里是边？那个边的外面是什么？又有多大？再外边……难道它竟无边无际吗？相比之下，我们多么小。我们又是谁？这么活着，喘气，眨眼，我到底是谁呀！

我伸手摸摸自己的脸、鼻子、嘴唇,觉得陌生又离奇,挺怪似的……这究竟是怎么回事?

我是从哪儿来的?从前我在哪里?什么样子?我怎么成为现在这个我的?将来又怎么样?长大,像爸爸那么高,做事……再大,最后呢?老了,老了以后呢?这时我想起妈妈说过的一句话:"谁都得老,都得死的。"

死?这是个多么熟悉的字眼呀!怎么以前我就从来没想过它意味着什么呢?死究竟意味着什么?像爷爷,像从前门口卖糖葫芦那个老婆婆,闭上眼,不能说话,一动不动,好似睡着了一样。可是大家哭得那么伤心。到底还是把他们埋在地下了。为什么要把他们埋起来?他们不就永远也不能说话,也不能动,永远躺在厚厚的土地下了?难道就因为他们死了吗?忽然,我感到一阵死的神秘、阴冷和可怕,觉得周身就仿佛散出凉气来。

于是,哥哥那本没皮儿的画报里脸上长毛的那个怪物出现了,跟着是白天那只死蜻蜓,随时想起来都吓人的鬼故事；跟着，胡同口的那个疯子朝我走来了……黑暗中，出现许多爷爷那样的眼睛，大大小小，紧闭着，眼皮还在鬼鬼祟祟地颤动着，好像要突然睁开，瞪起怕人的眼珠儿来……

我害怕了，已从将要入睡的懵懂中完全清醒过来了。我想——将来，我也要死的，也会被人埋在地下，这世界就不再有我了。我也就再不能像现在这样踢球呀，做游戏呀，捉蟋蟀呀，看马戏时吃那种特别酸的红果片呀……还有时去舅舅家看那个总关得严严实实的迷人的大黑柜，逗那条瘸腿狗，到那乱七八糟、杂物堆积的后院去翻找"宝贝"……而且再也不能"过年"了，那样地熬夜、拜年、放烟火、攒压岁钱；表哥把点着的鞭炮扔进鸡窝去，吓得鸡像鸟儿一样飞到半空中，乐得我喘不过气来；我们还瞒着妈妈去野坑边钓鱼，钓来一条又黄又丑的大鱼，给馋嘴的猫咪咪饱餐了一顿；下雨的晚上，和表哥躺在被窝里，看窗外打着亮闪，响着大雷……活着有多少快活的事，死了就完了。那时，表哥呢？妹妹呢？爸爸妈妈呢？他们都会死吗？他们知道吗？怎么也不害怕呀！我们能够不死吗？活着有多好！大家都好好活着，谁也不死。可是，可是不行啊……"谁都得老，都得死的。"死，这时就像拥有无限威力似的，而且严酷无情。在它面前，我那么无力，哀求也没用，大家都一样，只有顺从，听摆布，等着它最终的来临……想到这里，尤其是想到妈妈，我的心简直冷得发抖。

妈妈将来也会死吗？她比我大，会先老，先死的。她就再不能爱我了，不能像现在这样，脸挨着脸，搂我，亲我……她的笑，她的声音，她柔软而暖和的手，她整个人，在将来某一天就会一下子永远消失了吗？她会有多少话想说，却不能说，我也就永远无法听到了；她再看不见我，我的一切她也不再会知道。如果那时我有话要告诉她呢？到哪儿去找她？她也得被埋在地下吗？土地，坚硬、潮湿、冷冰冰的……我真怕极了。先是伤心、难过、流泪，而后愈想愈加心虚害怕，急得蹬起被子来。趁妈妈活着的时光，我要赶紧爱她，听她的话，不惹她生气，只做让大家和妈妈高兴的事。哪怕她还骂我，我也要爱她，快爱，多爱；我就要起来跑到她房里，紧紧搂住她……

四周黑极了，这一切太怕人了。我要拉开灯，但抓不着灯线，慌乱的手碰到茶几上的药瓶。我便失声哭叫起来："妈妈，妈妈……"

灯忽然亮了。妈妈就站在床前。她莫名其妙地看着我："怎么，做噩梦了？别怕……孩子，别怕。"

她俯身又用前额抵一抵我的头。这回她的前额不凉，反而挺热的了。"好了，烧退了。"她宽心而温柔地笑着。

刚才的恐怖感还没离开我。这是怎么回事？我茫然地望着她，有种异样的感觉。一时，我很冲动，要去拥抱她，但只微微挺起胸脯，脑袋却像灌了铅似的沉重，刚刚离开枕头，又坠倒在床上。

"做什么？你刚好，当心再着凉。"她说着便坐在我床边，紧挨着我，安静地望着我，一直在微笑,并用她暖和的手抚弄我的脸颊和头发。"你刚才是不是做噩梦了？听你喊的声音好大哪！"

"不是，……我想了……将来，不，我……"我想把刚才所想的事情告诉给妈妈，但不知为什么，竟然无法说出来。是不是担心说出来，她知道后也要害怕的。那是件多么可怕的事啊!

"得了，别说了，疯了一天了，快睡吧！明天病就全好了……"

昏暗的灯光静静地照着床前的药瓶、点心和黄色的梨，照着妈妈无言而含笑的脸。她拉着我的手，我便不由得把她的手握得紧紧的……

我再不敢想那些可怕又莫解的事了。但愿世界上根本没有那种事。

栖息在邻院大树上的乌鸦不知为何缘故，含糊不清地咕噜一阵子，又静下去了。被月光照得微明的窗帘上走过一只猫的影子。渐渐地，一切都静止了，模糊了，淡远了，融化了，变成一团无形的、流动的、软软而迷漫的烟。我不知不觉便睡着了。

　一个深奥而难解的谜，从那个夜晚便悄悄留存在我的心里。后来我才知道，这是我最初在思索人生。

梁遇春 一

破晓

人们做事情怎么会成功呢

> 世界里什么事一达到圆满的地位就是死刑的宣告。人们一切的痴望也是如此，心愿当真实现时一定不如蕴在心头时那么可喜。

今天破晓酒醒时候，我忽然忆起前晚上他向我提过"空持罗带，回首恨依依"这两句词。仿佛前宵酒后曾有许多感触。宿酒尚未全醒的我，就闭着眼睛暗暗地追踪那时思想的痕迹。底下所写下来的就是还逗留在心中的一些零碎。也许有人会拿心理分析的眼光含讥地来解剖这些杂感，认为是变态的，甚至于低能的心理的表现；可是我总是十分喜欢它们。因为我爱自己醒时流泪醉时歌这两种情怀凑合成的东西。而且以善于写信给学生家长，而荣膺大学校长的许多美国大学校长，和单知道立身处世、势利是图的富兰克林式的人物，虽然都是神经健全，最合于常态心理的人们，却难免得使甘于堕落的有志之士恶心。

"空持罗带，回首恨依依"，这真是我们这一班人天天尝着的滋味。无数黄金的希望失掉了，只剩下希望的影子，做此刻惆怅的资料，此刻又弄出许多幻梦，几乎是明知道不能实现的幻梦，那又是将来回首时许多感慨之所系。于是乎，天天在心里建起七宝楼台，天天又看到前天架起的灿烂的建筑物消失在云雾里，化作命运的狞笑，仿佛《亚俪丝异乡游记》里所说的空中里一个猫的笑脸。可是我们心里又晓得命是自己，某一位文豪早已说过，"性格是命运"了！不管我们怎样似乎坦白地向朋友们，向自己痛骂自己的无能和懦弱，可是对于这个几十年来寸步不离、形影相依的自己怎能说没有怜惜,所以只好抓着空气,捏成一个莫名其妙的命运,把天下地上的一切可杀不可留的事情全归诿在他(照希腊神话说,应当称为她们)的身上,自己清风朗月般在旁学泼妇的骂街。屠格涅夫在他的某一篇小说里不是说过:Destiny makes everyman, and everyman makes his own destiny(命运定了一切人,然而一切人能够定他自己的命运)。

屠格涅夫,这位旅居巴黎,后来害了谁也不知道的病死去的老文人,从前我对他很赞美,后来却有些失恋了。他是一个意志薄弱的人,他最爱用微酸的笔调来描绘意志薄弱的人。我却也是个意志薄弱的人,也常在玩弄或者吐唾自己这种心性,所以我对于他的小说深有同感,然而太相近了,书上的字,自己心里的意思,颠来倒去无非意志薄弱这个概念,也未免太单调,所以我已经和他久违了。他在年轻时曾跟一个农奴的女儿发生一段爱情,好像还产有一位千金,后来却各自西东了,他小说里也常写这一类飞鸿踏雪泥式的恋爱，我不幸得很或者幸得很却未曾有过这么一回事，所以有时倒觉得这个题材很可喜，这也是我近来又翻翻几本破旧尘封的他的小说集的动机。这几天偷闲读屠格涅夫，无意中却有个大发现，我对于他的敬慕也重新燃起来了。屠格涅夫所深恶的人是那班成功的人，他觉得他们都是很无味的庸人，而那班从娘胎里带来一种一事无成的性格的人们却多少总带些诗的情调。他在小说里凡是说到得意的人们时，常现出藐视的微笑和嘲侃的口吻。这真是他独到的地方，他用歌颂英雄的心情来歌颂弱者，使弱者变为他书里唯一的英雄，我觉得他这种态度是比单描写弱者性格，和同情于弱者的作家是更别致，更有趣得多。实在说起来，值得我们可怜的绝不是一败涂地的，却是事事马到功成的所谓幸运人们。

人们做事情怎么会成功呢？他必定先要暂时跟人世间一切别的事情绝缘，专心致志去干目前的勾当。那么，他进行得愈顺利，他对于其他千奇百怪的东西越离得远，渐渐对于这许多有意思的玩意儿感觉迟钝了，最后逃不了个完全麻木。若使当他干事情时，他还是那样子处处关心，事事牵情，一曝十寒地做去，他当然不能够有什么大成就，可是他保存了他的趣味，他没有变成个只能对于一个刺激生出反应的残缺的人。有一位批评家说第一流诗人是不作诗的，这是极有道理的话。他们从一切目前的东西和心里的想象得到无限诗料，自己完全浸在诗的空气里，鉴赏之不暇，哪里还有找韵脚和配轻重音的时间呢？人们在刺心的悲哀里时是不会作悲歌的，Tennyson 的 *In Me Morian* 是在他朋友死后三年才动笔的。一生都沉醉于诗情中的绝代诗人自然不能写出一句的诗来。感觉钝迟是成功的代价，许多扬名显亲的大人物所以常是体广身胖，头肥脑满，也是出于心灵的空虚，无忧无虑麻木地过日子。归根说起来，他们就是那么一堆肉而已。

人们对于自己的功绩常是带上一重放大镜。他不单是只看到这个东西，瞧不见春天的花草和街上的美女，他简直是攒到他的对象里面去了。也可说他太走近他的对象，冷不防地给他的对象一口吞下。近代人是成功的科学家，可是我们此刻个个都做了机械的奴隶，这件事聪明的Samuel Butler六十年前已经屈指算出，在他的杰作虚无乡（Erewhon）里慨然言之矣。崇拜偶像的上古人自己做出偶像来跟自己找麻烦，我们这班聪明的，知道科学的人们都觉得那班老实人真可笑，然而我们费尽心机发明出机械，此刻它们翻脸无情，踏着铁轮来践蹋我们了。后之视今，犹今之视昔，真不知道将来的人们对于我们的机械会作何感想，这是假设机械没有将人类弄得覆灭，人生这幕喜剧的悲剧还继续演着的话。总之，人生是多方面的，成功的人将自己的十分之九杀死，为的是要让那一方面尽量发展，结果是尾大不掉，虽生犹死，失掉了人性，变做世上一两件极微小的事物的祭品了。

  世界里什么事一达到圆满的地位就是死刑的宣告。人们一切的痴望也是如此，心愿当真实现时一定不如蕴在心头时那么可喜。一件美的东西的告成就是一个幻觉的破灭,一场好梦的勾销。若使我们在世上无往而不如意,恐怕我们会烦闷得自杀了。逍遥自在的神仙的确是比监狱中终身监禁的犯人还苦得多。闭在黑暗房里的囚犯还能做些梦消遣,神仙们什么事一想立刻就成功,简直没有做梦的可能了。所以失败是幻梦的保守者,惆怅是梦的结晶,是最愉快的,洒下甘露的情绪。我们做人无非为着多做些依依的心怀,才能逃开现实的压迫,剩些青春的想头,来滋润这将干枯的心灵。成功的人们劳碌一生最后的收获是一个空虚,一种极无聊赖的感觉,厌倦于一切的胸怀,在这本无目的的人生里,若使我们一定要找一个目的来磨折自己,那么最好的目的是制作"空持罗带,回首恨依依"的心境。

一 郁达夫

灯蛾埋葬之夜

神经衰弱的煎熬

（节选）

神经衰弱症，大约是因无聊的闲日子过了太多而起的。

对于"生"的厌倦，确是促生这时髦病的一个病根；或者反过来说，如同发烧过后的人在嘴里所感味到的一种空淡，对人生的这一种空淡之感，就是神经衰弱的

> 月明之夜，睡到夜半醒来的时候，床前的小泥窗口，若洒进了月亮的青练的光儿，那这一夜的睡眠，就不能继续下去了。

一种征候，也是一样。

总之，入夏以来，这症状似乎一天比一天加重；迁居之后，这病症当然也和我一道地搬了家。

虽然是说不上什么转地疗养，但新搬的这一间小屋，真也有一点田园的野趣。节季是交秋了，往后的这小屋的附近，这文明和蛮荒接界的区间，该是最有声色的时候了。声是秋声，色当然也是秋色。

先让我来说所以要搬到这里来的原委。

不晓在什么时候，被印上了"该隐的印号"之后，平时进出的社会里绝迹不敢去了。当然社会是有许多层的，但那"印号"的解释，似乎也有许多样。

最重要的解释，第一自然是叛逆，在做官是"一切"的国里，这"印号"的政治解释，本尽可以包括了其他种种。但是也不尽然，最喜欢含糊的人类，有必要的时候，也最喜欢分清。

于是第二个解释来了,似乎是关于"时代"的,曰"落伍"。天南北的两极,只叫用得着,也不妨同时并用,这便是现代人的智慧。

　来往于两极之间,新旧人同样的可以举用的,是第三个解释,就是所谓"悖德"。

　　但是向额上摩摸一下,这"该隐的印号",原也摩摸不出来,更不必说这种种的解释。或者行窃的人自己在心虚,自以为是犯了大罪,因而起这一种叫作被迫的 Complex,也说不定。天下太平,本来是无事的,神经衰弱病者可总免不了自扰。所以断绝交游,抛撇亲串,和地狱底里的精灵一样,不敢现身露迹,只在一阵阴风里独来独往的这种行径,依小德谟克利多斯 Robert Burton 的分析,或者也许是忧郁病的最正确的症候。

　因为背上负着的是这么一个十字架,所以一年之内,只学着行云,只学着流水,搬来搬去的尽在搬动。暮春三月底,偶尔在火车窗里,看见了些浅水平桥，垂杨古树，和几群飞不尽的乌鸦，忽而想起的，是这一个也不是城市，也不是乡村的界线地方。租定这间小屋，将几本丛残的旧籍迁移过来的，怕是在五月的初头。而现在却早又是初秋了。时间的飞逝，实在是快得很，真快得很。

　　小屋的前面左右，除一条斜穿东西的大道之外，全是斑驳的空地。一垄一垄的褐色土垄上，种着些秋茄豇豆之类，现在是一棵一棵的棉花也在半吐白蕊的时节了。而最好看的，要推向上包紧，颜色是白里带青，外面有一层毛茸似的白雾，菜茎柄上，也时时呈着紫色的一种外国人叫作 Lettuce 的大叶卷心菜；大约是因为地近上海的缘故吧，纯粹的中国田园也被外国人的嗜好所侵入了。这一种菜，我来的时候，原是很多的，现在却逐渐逐渐地少了下去。在这些空地中间，如突然想起似的，卑卑立着，散点在那里的，是一间两间的农夫的小屋，形状奇古的几株老柳榆槐，和看了令人不快的许多不落葬的棺材。此外同沟渠似的小河也有，以棺材旧板做成的桥梁也有；忽然一块小方地的中间，种着些颜色鲜艳的草花之类的卖花者的园地也有；简说一句，这里附近的地面，大约可以以江浙平地区中的田园百科大辞典来命名；而在这百科大辞典中，异乎寻常，以一张厚纸，来用淡墨铜版画印成的，要算在我们屋后矗立着的那块本来是由外国人经营的庞大的墓地。

这墓地的历史，我也不大明白，但以从门口起一直排着，直到中心的礼拜堂屋后为止的那两排齐云的洋梧桐树看来，少算算大约也总已有了六十几岁的年纪。

听土著的农人说来，这仿佛是上海开港以来，外国最先经营的墓地，现在是已经无人来过问了，而在三四十年前头，却也是洋冬至外国清明及礼拜日的沪上洋人的散步之所哩。因为此地离上海，火车不过三四十分钟，来往是极便的。

小屋的租金，每月八元。以这地段说起来，

似乎略嫌贵些,但因这样的闲房出租的并不多,而屋前屋后,隙地也有几弓,可以由租户去莳花种菜,所以比较起来,也觉得是在理的价格。尤其是包围在屋的四周的寂静,同在坟墓里似的寂静,是在洋场近处,无论出多少钱也难买到的。

初搬过来的时候,只同久病初愈的患者一样,日日但伸展了四肢,躺在藤椅子上,书也懒得读,报也不愿看,除腹中饥饿的时候,稍微吸取一点简单的食物而外,破这平平的一日间的单调的,是向晚去田塍野路上行试的一回漫步。在这将落未落的残阳夕照之中,在那些青枝落叶的野菜畦边,一个人背手走着,枯寂的脑里,有时却会汹涌起许多前后不接的断想来。头上的天色老是青青的,身边的暮色也老是沉沉的。

但在这些前后没有脉络的断想的中间,有时候也忽然大小脑会完全停止工作。呆呆地立在野田里,同一根枯树似的呆呆直立在那里之后,会什么思想、什么感觉都忘掉,身子也不能动了,血液也仿佛凝住不流似的,全身就如成了"所多马"

城里的盐柱;不消说脑子是完全变作了无波纹无血管的一张扁平的白纸。

漫步回来,有时候也进一点晚餐,有时候简直茶也不喝一口,就爬进床去躺着。室内的设备简陋到了万分,电灯电扇等文明的器具是没有的。月明之夜,睡到夜半醒来的时候,床前的小泥窗口,若洒进了月亮的青练的光儿,那这一夜的睡眠,就不能继续下去了。

不单是有月亮的晚上,就是平常的睡眠,也极容易惊醒。眼睛微微地开着,鼾声是没有的,虽则睡在那里,但感觉却又不完全失去,暗室里的一声一响,虫鼠等的脚步声,以及屋外树上的夜鸟鸣声,都一一会闯进耳朵里来。若在日里陷入于这一种假睡的时候,则一边睡着,一边周围的行动事物,都会很明细地触进入意识的中间。若周围保住了绝对的安静,什么声响,什么行动都没有的时候,那在假寐的一刻中,十几年间的事情,就会很明细地、很快地,在一瞬间展开来。至于乱梦,那是更多了,多得连叙也叙述不清。

我自己也知道是染了神经衰弱症了，这原是七八年来到了夏季必发的老病。

于是就更想静养，更想懒散过去。

今年的夏季，实在并没有什么大热的天气，尤其是在我这一个离群的野寓里。

有一天晚上，天气特别的闷，晚餐后上床去躺了一忽，终觉得睡不着，就又起来，打开了窗户，和她两人坐在天井里候凉。

两人本来是没有什么话好谈，所以只是昂着头在看天上的飞云，和云堆里时时露现出来的一颗两颗的星宿。

一边慢摇着蒲扇，一边这样的默坐在那里，不晓得坐了多久了，室里桌上的一支洋烛，忽而灭了它的芯光。

而人既不愿意动弹，也不愿意看见什么，所以灯光的有无，也毫没有关系，仍旧是默默地坐在黑暗里摇动扇子。

又坐了好久好久，天末似起了凉风，窗帘也动了，天上的云层，飞舞得特别的快。

打算去睡了,就问了一声:

"现在不晓得是什么时候了?"

她立了起来,慢慢走进了室内,走入里边房里去拿火柴去了。

停了一会儿,我在黑暗里看见了一丝火光和映在这火光周围的一团黑影,及黑影底下的半面她的苍白的脸。

第一支火柴灭了,第二支也灭了,直到第三支才点旺了洋烛。

洋烛点旺之后,她急急地走了出来,手里却拿着了那个大表,轻轻地说:

"不晓是什么时候了,表上还只有六点多钟呢!"

接过表来,拿近耳边去一听,什么声响也没有。我连这表是在几日前头开过的记忆也想不起来了。

"表停了!"

轻轻地回答了一声,我也消失了睡意,想再在凉风里坐它一刻。但她又继

续着说:
"灯盘上有一只很美的灯蛾死在那里。"

跑进去一看,果然有一只身子淡红,翅翼绿色,比蝴蝶小一点,但全身却肥硕得很的灯蛾横躺在那里。右翅上有一处焦影,触须是烧断了。默看了一分钟,用手指轻轻拨了它几拨,我双目仍旧盯视住这扑灯蛾的美丽的尸身,嘴里却不能自禁地说:

"可怜得很!我们把它放到天井里埋葬了吧!"
点了灯笼,用银针向黑泥松处掘了一个圆穴,把这美丽的尸身埋葬完时,天风加紧了起来,似乎要下大雨的样子。
拴上门户,上床躺下之后,一阵风来,接着如乱石似的雨点,便打上了屋檐。

一面听着雨声,一面我自语似的对她说:
"霞!明天是该凉快了,我想到上海去看病去。"

一　徐志摩

想飞

人们原来都是会飞的

假如这时候窗子外有雪——街上，城墙上，屋脊上，都是雪，胡同口一家屋檐下偎着一个戴黑兜帽的巡警，半拢着睡眼，看棉团似的雪花在半空中跳着玩……假如这夜是一个深极了的夜，不是壁上挂钟的时针指示给我们看的深夜，这深就比是一个山洞的深，一个往下钻螺旋形的山洞的深……

我要那深，我要那静。那在树荫浓密处躲着的夜鹰，轻易不敢在天光还在照亮时出来睁眼。思想，它也得等。

假如我能有这样一个深夜,它那无底的阴森捻起我遍体的毫管;再能有窗子外不住往下筛的雪,筛淡了远近间扬动的市谣,筛泯了在泥道上挣扎的车轮,筛灭了脑壳中不妥协的潜流……

我要那深,我要那静。那在树荫浓密处躲着的夜鹰,轻易不敢在天光还在照亮时出来睁眼。思想,它也得等。

青天里有一点子黑的,正冲着太阳耀眼,望不真,你把手遮着眼,对着那两株树缝里瞧,黑的,有橙子来大,不,有桃子来大——嘿,又移着往西了!

我们吃了中饭出来到海边去。(这是英国康槐尔极南的一角,三面是大西洋。)勋丽丽的叫响从我们的脚底下匀匀地往上颤,齐着腰,到了肩高,过了头顶,高入了云,高出了云。啊!你能不能把一种急震的乐音想成一阵光明的细雨,从蓝天里冲着这平铺着青绿的地面不住地下?不,那雨点都是跳舞的小脚,安琪儿的。云雀们也吃过了饭,离开了它们卑微的地巢飞往高处做工去。上帝给它们的工作,替上帝做的工作。瞧着,这儿一只,那边又起了两只!一起就冲着天顶飞,小翅膀活动得多快活,圆圆的,不踌躇地飞——它们就认识青天。一起就开口唱,小嗓子活动得多快活,一颗颗小圆珠子直往外唾,亮亮地唾,脆脆地唾——它们赞美的是青天。瞧着,这飞得多高,有豆子大,有芝麻大,黑刺刺的一屑,直顶着无底的天顶细细地摇——这全看不见了,影子都没了!但这光明的细雨还是不住地下着……

飞。"其翼若垂天之云……背负苍天,而莫之夭阏者";那不容易见着。我们镇上东关厢外有一座黄泥山,山顶上有一座七层的塔,塔尖顶着天。塔院里常常打钟,钟声响动时,那在太阳西晒的时候多,一枝艳艳的大红花贴在西山的鬓边回照着塔山上的云彩——钟声响动时,绕着塔顶尖,摩着塔顶天,穿着塔顶云,有一只两只,有时三只四只有时五只六只蜷着爪往地面瞧的"饿老鹰",撑开了它们灰苍苍的大翅膀没挂

> 这翅膀，承上了文明的重量，还能飞吗？
> ——徐志摩

恋似的在盘旋，在半空中浮着，在晚风中洇着，仿佛是按着塔院钟的波荡来练习圆舞似的。那是我做孩子时的"大鹏"。有时好天抬头不见一瓣云的时候听着豹猇忧忧地叫响，我们就知道那是宝塔上的饿老鹰寻食吃来了。这一想象半天里秃顶圆睛的英雄，我们背上的小翅膀骨上就豁出了一锉锉铁刷似的羽毛，摇起来呼呼响的，只一摆就冲出了书房门，钻入了玳瑁镶边的白云里玩儿去，谁耐烦站在先生书桌前晃着身子背早上上的多难背的书！啊，飞！不是那在树枝上矮矮的跳着的麻雀儿的飞；不是那凑天黑从堂匾后背冲出来蚊赶子吃的蝙蝠的飞；也不是那软尾巴软嗓子做窠在堂檐上的燕子的飞。要飞就得满天飞，风拦不住云挡不住地飞，一展翅膀就跳过一座山头，影子下来遮得荫二十亩稻田的飞，到天晚飞倦了就来绕着那塔顶尖顺着风向打圆圈做梦……听说饿老鹰会抓小鸡！

飞。人们原来都是会飞的。天使们有翅膀，

会飞；我们初来时也有翅膀，会飞。我们最初来就是飞来的，有的做完了事还是飞了去，他们是可羡慕的。但大多数人是忘了飞的，有的翅膀上掉了毛不长再也飞不起来，有的翅膀叫胶水给胶住了，再也拉不开，有的羽毛叫人给修短了像鸽子似的只会在地上跳，有的拿背上一对翅膀上当铺去典钱使过了期再也赎不回……

真的，我们一过了做孩子的日子就掉了飞的本领。但没了翅膀或是翅膀坏了不能用是一件可怕的事。因为你再也飞不回去，你蹲在地上呆望着飞不上去的天，看旁人有福气地一程一程地在青云里逍遥，那多可怜。而且翅膀又不比是你脚上的鞋，穿烂了可以再问妈要一双去，翅膀可不成，折了一根毛就是一根，没法给补的。还有，单顾着你翅膀也还不定规到时候能飞，你这身子要是不谨慎养太肥了，翅膀力量小再也拖不起，也是一样难不是？一对小翅膀驮不起一个胖肚子，那情形多可笑！到时候你听人家高声地招呼说，朋友，回去吧，趁这天还有紫色的光,你听他们的翅膀在半空中沙沙地摇响,朵朵的春云跳过来推着他们的肩背,望着最光明的来处翩翩的,冉冉的,轻烟似的化出了你的视域,像云雀似的只留下一泻光明的骤雨——Thou art unseen, but yet I hear thy shrill delight——那你,独自在泥涂里淹着,够多难受,够多懊恼,够多寒碜!趁早留神你的翅膀,朋友。

是人没有不想飞的。老是在这地面上爬着够多厌烦,不说别的。飞出这圈子,飞出这圈子!到云端里去,到云端里去!哪个心里不成天千百遍地这么想!飞上天空去浮着,看地球这弹丸在太空里滚着,从陆地看到海,从海再看回陆地。凌空去看一个明白——这才是做人的趣味,做人的权威,做人的交代。这皮囊要是太重挪不动,就掷了它,可能的话,飞出这圈子,飞出这圈子!

人类初发明用石器的时候,已经想长翅膀,想飞。原人洞壁上画的四不像,它的背上掮着翅膀;拿着弓箭赶野兽的,他那肩背上也给安了翅膀。小爱神是有一对粉嫩的肉翅的。挨开拉斯（Icarus）是人类飞行史里第一个英雄，第一次牺牲，安琪儿（那是理想化的人）第一个标记是帮助他们飞行的翅膀。那也有沿革——你看西洋画上的表现。最初像是一对小精致的令旗，蝴蝶似的粘在安琪儿们的背上，像真的，不灵动的。渐渐地翅膀长大了，地位安准了，毛羽丰满了。画图上的天使们长上了真的可能的翅膀。人类初次实现了翅膀的观念，彻悟了飞行的意义。挨开拉斯闪不死的灵魂，回来投生又投生。人类最大的使命，是制造翅膀；最大的成功是飞！理想的极度，想象的止境，从人到神！诗是翅膀上出世的；哲理是在空中盘旋的。飞：超脱一切，笼盖一切，扫荡一切，吞吐一切。

你上那边山峰顶上试去，要是渡不到这边山峰上，你就得到这万丈的深渊里去找你的葬身之地！"这人形的鸟会有一天试他第一次的飞行，给这世界惊骇,使所有的著作赞美,给他所从来的栖息处永久的光荣。"啊达文蹇!

但是飞?自从挨开拉斯以来,人类的工作是制造翅膀,还是束缚翅膀?这翅膀,承上了文明的重量,还能飞吗?都是飞了来的,还都能飞了去吗?钳住了,烙住了,压住了——这人形的鸟会有试他第一次飞行的一天吗?……

同时天上那一点子黑的已经迫近在我头顶,形成了一架鸟形的机器,忽地机沿一侧,一球光直往下注,砰的一声炸响——炸碎了我在飞行中的幻想,青天里平添了几堆破碎的浮云。

第三章

荒谬当道,爱拯救之

> 这个世界的悲惨和伟大:不给我们真相,但有许多爱。

一 史铁生

秋天的怀念

至亲的爱

> 我懂得母亲没有说完的话。妹妹也懂。我俩在一块儿,要好好儿活……

双腿瘫痪后,我的脾气变得暴怒无常。望着望着天上北归的雁阵,我会突然把面前的玻璃砸碎;听着听着李谷一甜美的歌声,我会猛地把手边的东西摔向四周的墙壁。母亲就悄悄地躲出去,在我看不见的地方偷偷地听着我的动静。当一切恢复沉寂,她又悄悄地进来,眼边红红的,看着我。"听说北海的花儿都开了,我推着你去走走。"她总是这么说。母亲喜欢花,可自从我的腿瘫痪后,她侍弄的那些花都死了。"不,我不去!"我狠命地捶打这两条可恨的腿,喊着,"我可活什么劲!"母亲扑过来抓住我的手,忍住哭声说:"咱娘儿俩在一块儿,好好儿活,好好儿活……"

可我却一直都不知道,她的病已经到了那步田地。后来妹妹告诉我,她常常肝疼得整宿整宿翻来覆去地睡不了觉。那天我又独自坐在屋里,看着窗外的树叶唰唰啦啦地飘落。母亲进来了,挡在窗前:"北海的菊花开了,我推着你去看看吧。"她憔悴的脸上现出央求般的神色。"什么时候?""你要是愿意,就明天?"她说。我的回答已经让她喜出望外了。"好吧,就明天。"我说。她高兴得一会儿坐下,一会儿站起:"那就赶紧准备准备。""哎呀,烦不烦?几步路,有什么好准备的!"她也笑了,坐在我身边,絮絮叨叨地说着:"看完菊花,咱们就去'仿膳',你小时候最爱吃那儿的豌豆黄儿。还记得那回我

> 我懂得母亲没有说完的话。妹妹也懂。
> ——史铁生

带你去北海吗？你偏说那杨树花是毛毛虫，跑着一脚踩扁一个……"她忽然不说了。对于"跑"和"踩"一类的字眼儿，她比我还敏感。她又悄悄地出去了。

她出去了，就再也没回来。

邻居们把她抬上车时，她还在大口大口地吐着鲜血。我没想到她已经病成那样。看着三轮车远去，也绝没有想到那竟是永远的诀别。

邻居的小伙子背着我去看她的时候，她正艰难地呼吸着像她那一生艰难的生活。别人告诉我，她昏迷前的最后一句话是："我那个有病的儿子和我那个还未成年的女儿……"

又是秋天，妹妹推我去北海看了菊花。黄色的花淡雅，白色的花高洁，紫红色的花热烈而深沉，泼泼洒洒，秋风中正开得烂漫。我懂得母亲没有说完的话。妹妹也懂。我俩在一块儿，要好好儿活……

老舍 一

宗月大师

有幸遇到启蒙老师

> 他绝不以我为一个苦孩子而冷淡我,他是阔大爷,但是他不以富傲人。

在我小的时候,我因家贫而身体很弱。我九岁才入学。因家贫体弱,母亲有时候想教我去上学,又怕我受人家的欺侮,更怕交不上学费,所以一直到九岁我还不识一个字。说不定,我会一辈子也得不到读书的机会。因为母亲虽然知道读书的重要,可是每月间三四吊钱的学费,实在让她为难。母亲是最喜脸面的人。她迟疑不决,光阴又不等待着任何人,荒来荒去,我也许就长到十多岁了。一个十多岁的贫而不识字的孩子,很自然的是去做个小买卖——弄个小筐,卖些花生,煮豌豆,或樱桃什么的。要不然就是去学徒。母亲很爱我,但是假若我能去做学徒,或提篮沿街卖樱桃而每天赚几百钱,她或者就不会坚决地反对。穷困比爱心更有力量。

有一天刘大叔偶然地来了。我说"偶然地",因为他不常来看我们。他是个极富的人,尽管他心中并无贫富之别,可是他的财富使他终日不得闲,几乎没有工夫来看穷朋友。一进门,他看见了我。"孩子几岁了?上学没有?"他问我的母亲。他的声音是那么洪亮(在酒后,他常以学喊俞振庭的《金钱豹》自傲),他的衣服是那么华丽,他的眼是那么亮,他的脸和手是那么白嫩肥胖,使我感到我大概是犯了什么罪。我们的小屋,破桌凳,土炕,几乎禁不住他的声音的震动。等我母亲回答完,刘大叔马上决定:"明天早上我来,带他上学,学钱、书籍,大姐你都不必管!"我的心跳起多高,谁知道上学是怎么一回事呢!

第二天,我像一条不体面的小狗似的,随着这位阔人去入学。学校是一家改良私塾,在离我的家有半里多地的一座道士庙里。庙不甚大,而充满了各种气味:一进山门先有一股大烟味,紧跟着便是糖精味(有一家熬制糖球糖块的作坊),再往里,是厕所味,与别的臭味。学校是在大殿里。大殿两旁的小屋住着道士,和道士的家眷。大殿里很黑,很冷。神像都用黄布挡着,供桌上摆着孔圣人的牌位。学生都面朝西坐着,一共有三十来人。西墙上有一块黑板——这是"改良"私塾。老师姓李,一位极死板而极有爱心的中年人。刘大叔和李老师"嚷"了一顿,而后教我拜圣人及老师。老师给了我一本《地球韵言》和一本《三字经》。我于是,就变成了学生。

自从做了学生以后,我时常到刘大叔的家中去。他的宅子有两个大院子,院中几十间房屋都是出廊的。院后,还有一座相当大的花园。宅子的左右前后全是他的房屋，若是把那些房子齐齐地排起来，可以占半条大街。此外，他还有几处铺店。每逢我去，他必招呼我吃饭，或给我一些我没有看见过的点心。他绝不以我为一个苦孩子而冷淡我，他是阔大爷，但是他不以富傲人。

在我由私塾转入公立学校去的时候，刘大叔又来帮忙。这时候，他的财产已大半出了手。他是阔大爷，他只懂得花钱，而不知道计算。人们吃他，他甘心教他们吃；人们骗他，他付之一笑。他的财产有一部分是卖掉的，也有一部分是被人骗了去的。他不管，他的笑声照旧是洪亮的。

到我在中学毕业的时候，他已一贫如洗，什么财产也没有了，只剩下那个后花园。不过，在这个时候，假若他肯用用心思，去调整他的产业，他还能有办法教自己丰衣足食，因为他的好多财产是被人家骗了去的。可是，他不肯去请律师。贫与富在他心中是完全一样的。

假若在这时候，他要是不再随便花钱，他至少可以保住那座花园，和城外的地产。可是，他好善。尽管他自己的儿女受着饥寒，尽管他自己受尽折磨，他还是去办贫儿学校，粥厂等慈善事业。他忘了自己。就是在这个时候，我和他过往得最密。他办贫儿学校，我去做义务教师。他施舍粮米，我去帮忙调查及散放。在我的心里，我很明白：放粮放钱不过只是延长贫民的受苦难的日期，而不足以阻拦住死亡。但是，看刘大叔那么热心，那么真诚，我就顾不得和他辩论，而只好也出点力了。即使我和他辩论，我也不会得胜，人情是往往能战败理智的。

在我出国以前，刘大叔的儿子死了。而后，他的花园也出了手。他入庙为僧，夫人与小姐入庵为尼。由他的性格来说，他似乎势必走入避世学禅的一途。但是由他的生活习惯上来说，大家总以为他不过能念念经，布施布施僧道而已，而绝对不会受戒出家。他居然出了家。在以前，他吃的是山珍海味，穿的是绫罗绸缎。他也嫖也赌。现在，他每日一餐，入秋还穿着件夏布道袍。这样苦修，他的脸上还是红红的，笑声还是洪亮的。对佛学，他有多么深的认识，我不敢说。我却真知道他是个好和尚，他知道一点便去做一点，能做一点便做一点。他的学问也许不高，但是他所知道的都能见诸实行。

> 人情是往往能战败理智的。
> ——老舍

出家以后，他不久就做了一座大寺的方丈。可是没有好久就被驱逐出来。他是要做真和尚，所以他不惜变卖庙产去救济苦人。庙里不要这种方丈。一般地说，方丈的责任是要扩充庙产，而不是救苦救难的。离开大寺，他到一座没有任何产业的庙里做方丈。他自己既没有钱，他还须天天为僧众们找到斋吃。同时，他还举办粥厂等慈善事业。他穷，他忙，他每日只进一顿简单的素餐，可是他的笑声还是那么洪亮。他的庙里不应佛事，赶到有人来请，他便领着僧众给人家去唪真经，不要报酬。他整天不在庙里，但是他并没忘了修持；他持戒

129

越来越严，对经义也深有所获。他白天在各处筹钱办事，晚间在小室里做功夫。谁见到这位破和尚也不曾想到他会是个在金子里长起来的阔大爷。

去年，有一天他正给一位圆寂了的和尚念经，他忽然闭上了眼，就坐化了。火葬后，人们在他的身上发现许多舍利。

没有他，我也许一辈子也不会入学读书；没有他，我也许永远想不起帮助别人有什么乐趣与意义。他是不是真的成了佛？我不知道。但是，我的确相信他的居心与苦行是与佛极相近似的。我在精神上物质上都受过他的好处，现在我的确愿意他真的成了佛，并且盼望他以佛心引领我向善，正像在三十五年前，他拉着我去入私塾那样！

他是宗月大师。

一　丰子恺

给我的孩子们

孩童的爱

我的孩子们！我憧憬于你们的生活，每天不止一次！我想委屈地说出来，使你们自己晓得。可惜到你们懂得我的话的意思的时候，你们将不复是可以使我憧憬的人了。这是何等可悲哀的事啊！

瞻瞻！你尤其可佩服。你是身心全

> 我在世间，永没有逢到像你们这样出肺肝相示的人。世间的人群结合，永没有像你们这样的彻底的真实而纯洁。

部公开的真人。你什么事体都想拼命地用全副精力去对付。小小的失意,像花生米翻落地了,自己嚼了舌头了,小猫不肯吃糕了,你都要哭得嘴唇翻白,昏去一两分钟。外婆去普陀烧香买回来给你的泥人,你何等鞠躬尽瘁地抱它,喂它;有一天你自己失手把它打破了,你的号哭的悲哀,比大人们的破产、失恋、broken heart、丧考妣、全军覆没的悲哀者哀得都要真切。两把芭蕉扇做的脚踏车,麻雀牌堆成的火车、汽车,你何等认真地看待,挺直了嗓子叫"汪——""咕咕咕……"来代替汽笛。

宝姐姐讲故事给你听,说到"月亮姐姐挂下一只篮来,宝姐姐坐在篮里吊了上去,瞻瞻在下面看"的时候,你何等激昂地同她争,说:"瞻瞻要上去,宝姐姐在下面看!"甚至哭到漫姑面前去求审判。我每次剃了头,你真心地疑我变了和尚,好几时不要我抱。最是今年夏天,你坐在我膝上发现了我腋下的长毛,当作黄鼠狼的时候,你何等伤心,你立刻从我身上爬下去,起初眼瞪瞪地对我端详，继而大失所望地号哭，看看，哭哭，如同对被判定了死罪的亲友一样。你要我抱你到车站里去，多多益善地要买香蕉，满满地擒了两手回来，回到门口时你已经熟睡在我的肩上，手里的香蕉不知落到哪里去了。这是何等可佩服的真率、自然与热情！大人间的所谓"沉默""含蓄""深刻"的美德，比起你来，全是不自然的、病的、伪的！

你们每天做火车、做汽车、办酒、请菩萨、堆六面画、唱歌，全是自动的，创造创作的生活。大人们的呼号"归自然！""生活的艺术化！""劳动的艺术化！"在你们面前真是出丑得很了！依样画几笔画，写几篇文的人称为艺术家、创作家，对你们更要愧死！

你们的创作力，比大人真是强盛得多哩。瞻瞻！你的身体不及椅子的一半，却常常要搬动它，与它一同翻倒在地；你又要把一杯茶横转来藏在抽斗里，要皮球停在壁上，要拉住火车的尾巴，要月亮出来，要天停止下雨。在这等小小的事件中，明明表示着你们的弱小的体力与智力不足以应付强盛的创作欲、表现欲的驱使,因而遭逢失败。然而你们是不受大自然的支配,不受人类社会的束缚的创造者,所以你的遭逢失败,例如火车尾巴拉不住、月亮呼不出来的时候,你们绝不承认是事实的不可能,总以为是爹爹妈妈不肯帮你们办到,同不许你们弄自鸣钟同例,所以愤愤地哭了,你们的世界何等广大!你们一定想:终天无聊地伏在案上弄笔的爸爸,终天闷闷地坐在窗下弄引线的妈妈,是何等无气性的奇怪的动物!你们所视为奇怪动物的我与你们的母亲,有时确实难为了你们,摧残了你们,回想起来,真是不安心得很!

阿宝!有一晚你拿软软的新鞋子,和自己脚上脱下来的鞋子,给凳子的脚穿了,划袜立在地上,得意地叫"阿宝两只脚,凳子四只脚"的时候,你母亲喊着"龌龊了袜子"立刻擒你到藤榻上,动手毁坏你的创作。当你蹲在榻上注视你母亲亲手毁坏的时候,你的小心里一定感到"母亲这种人,何等煞风景而野蛮"吧!

瞻瞻！有一天开明书店送了几册新出版的毛边的《音乐入门》来。我用小刀把书页一张一张地裁开来，你侧着头，站在桌边默默地看。后来我从学校回来，你已经在我的书架上拿了一本连史纸印的中国装的《楚辞》，把它裁破了十几页，得意地对我说："爸爸！瞻瞻也会裁了！"瞻瞻！这在你原是何等成功的欢喜，何等得意的作品！却被我一个惊骇的"哼"字喊得你哭了。那时候你也一定抱怨"爸爸何等不明"吧！

> 你们的创作力，比大人真是强盛得多哩。
> ——丰子恺

软软！你常常要弄我的长锋羊毫，我看见了总是无情地夺脱你。现在你一定轻视我，想道："你终于要我画你的画集的封面！"

最不安心的是，有时我还要拉一个你们所最怕的陆露沙医生来，叫他用他的大手来摸你们的肚子，甚至用刀来在你们臂上割几下，还要叫妈妈和漫姑擒住了你们的手脚，捏住了你们的鼻子，把很苦的水灌到你们的嘴里去。这在你们一定认为是太惨无人道的野蛮举动吧！

孩子们！你们果真抱怨我，我便欢喜；到你们的抱怨变为感激的时候，我的悲哀来了！

我在世间，永没有逢到像你们这样出肺肝相示的人。世间的人群结合，永没有像你们这样的彻底的真实而纯洁。最是我到上海去干了无聊的所谓"事"回来，或者去同不相干的人们做了叫作"上课"的一种把戏回来，你们在门口或车站旁边等我的时候，我心中何等惭愧又欢喜。惭愧我为什么去做这等无聊的事，欢喜我又得暂时放怀一切地加入你们的真生活的团体。

　　但是，你们的黄金时代有限，现实终于要暴露的。这是我经验过来的情形，也是大人们谁也经验过的情形。我眼看见儿时的伴侣中的英雄、好汉，一个个退缩、顺从、妥协、屈服起来，到像绵羊的地步。我自己也是如此。"后之视今，亦犹今之视昔"，你们不久也要走这条路呢！

我的孩子们！憧憬于你们的生活的我，痴心要将你们永远挽留这黄金时代在这册子里。然这真不过像"蜘蛛网落花"，略微保留一点春的痕迹而已。且到你们懂得我这片心情的时候，你们早已不是这样的人，我的画在世间已无可印证了！这是何等可悲哀的事啊！

汪曾祺 一

林斤澜！
哈哈哈哈

同频的陪伴

> 斤澜的哈哈笑是很有名的。这是他的保护色。斤澜每遇有人提到某人、某事，不想表态，就把提问者的原话重复一次，然后就殿以哈哈的笑声。

林斤澜这个名字很怪。他原名庆澜，意思是庆祝河水安澜，大概生他那年他们家乡曾遭过一次水灾，后来水退了。不知从哪年，他自己改名"斤澜"。我跟他说过，"斤澜"没讲，他也说：没讲！他们家的人名字都有点怪。夫人叫"古叶"，女儿叫"布谷"。大概都是他给起的。斤澜好怪，好与众不同。

他的《矮凳桥风情》里有三个女孩子,三姐妹叫笑翼、笑耳、笑杉。小城镇哪里会有这样的名字呢?我琢磨了很久,才恍然大悟:原来只是小一、小二、小三。笑翼的妈妈给儿女起名字时不会起这样的怪名字的,这都是林斤澜搞的鬼。夏尚质,周尚文,林尚怪。林斤澜被称为"怪味胡豆",罪有应得。

斤澜曾患心脏病,三十岁就得过一次心肌梗死。后来又得过一次,但都活下来了。六十岁时他就说过他活得已经够了本,再活就是白饶。斤澜的身体不算好,但他不在乎。我这些年出外旅游,总是"逢高不上,遇山而止",斤澜则是有山就爬。他慢条斯理地,一步一步地走,还误不了看山看水,结果总是他头一个到山顶。一览众山小,笑看众头低。他应该节制饮食,但是他不,每有小聚,他都是谈笑风生,饮啖自若。不论是黄酒、白酒、葡萄酒、啤酒,全都招呼。最近有一次,他同时喝了三种酒。人常说酒喝杂了不好,斤澜说:"没事!"斤澜爱吃肉。"三天不吃肉就觉得难受。"

他吃肉不讲究部位，冰糖肘子、腌笃鲜、蒜泥白肉，都行。他爱吃猪头肉，尤其爱吃"拱嘴"——猪鼻子，以为乃人间之"大美"。他是温州人，说起生吃海鲜，眉飞色舞。吃海鲜，喝黄酒，嘿！不过温州的"老酒汗"（黄酒再蒸一次）我实在喝不出好来。温州人还有一种喝法，在黄酒里加鸡蛋，煮热，这算什么酒！斤澜的吃喝是很平民化的。我和他曾在屯溪街头一小吃店的檐下，就一盘煮螺蛳，一人喝了两瓶加饭。他爱吃豆腐，老豆腐、嫩豆腐、毛豆腐、臭豆腐，都好。煎炒煮炸，都好。我陪他在乐山小饭馆吃了乡坝头上的菜豆花，好！

  斤澜的生活是很平民化的。他不爱洗什么桑拿浴，愿意在澡堂的大池子里（水很烫）泡一泡，泡得大汗淋漓，浑身做嫩红色。他大概是有几身西服的，但我从未见过他穿了整齐的套服，打了领带。他爱穿夹克，里面是条纹格子衬衫。衬衫就是街上买的，棉料的多，颜色倒是不怕花哨。

斤澜的平民化生活习惯来自他对生活的平民意识。这种平民意识当然会渗入他的作品。

斤澜的哈哈笑是很有名的。这是他的保护色。斤澜每遇有人提到某人、某事，不想表态，就把提问者的原话重复一次，然后就殿以哈哈的笑声。"×××，哈哈哈哈……""这件事，哈哈哈哈……"把想要从口中掏出他的真实看法的新闻记者之类的人弄得莫名其妙，斤澜这种使人摸不着头脑抓不住尾巴的笑声，使他摆脱了尴尬，而且得到一层安全的甲壳。在反"右派"运动中，他就是这样应付过来的。林斤澜不被打成"右派"，是无天理，因此我说他是"漏网右派"，他也欣然接受。

斤澜极少臧否人物，但是是非清楚，爱憎分明。他一直在北京市文联工作，对市文联的领导，一般干部的遗闻逸事了如指掌。比如老舍挨斗，是他亲眼所见，亲耳所闻，揭发批判老舍的人是赖也赖不掉的。他觉得萧军有骨头有侠气，真是一条汉子。红卫兵想要萧军低头认罪，萧军就是不低头，两腿直立，如同生了根。萧军没有动手，他说："我要是一动手，七八个小青年就得趴下。"红卫兵斗骆宾基，萧军说："你们谁敢动骆宾基一根毫毛！"京剧演员荀慧生病重，是萧军背着他上车的。"文革"后，文联作协批斗浩然，斤澜听着，忽然大叫："浩然是好人哪！"当场昏厥。斤澜平时似很温和，总是含笑看世界，但他的感情是非常强烈的。

斤澜对青年作家（现在都已是中年了）是很关心的。对他们的作品几乎一篇不落地都看了，包括一些评论家的不断花样翻新，用一种不中不西稀奇古怪的语言所写的论文。他看得很仔细，能用这种古怪语言和他们对话。这一点，他比我强得多。

林斤澜！哈哈哈哈……

一　朱自清

冬天

亲友围坐的温馨

> 无论怎么冷，大风大雪，想到这些，我心上总是温暖的。

说起冬天，忽然想到豆腐。是一"小洋锅"（铝锅）白煮豆腐，热腾腾的。水滚着，像好些鱼眼睛，一小块一小块豆腐养在里面，嫩而滑，仿佛反穿的白狐大衣。锅在"洋炉子"（煤油不打气炉）上，和炉子都熏得乌黑乌黑，越显出豆腐的白。这是晚上，屋子老了，虽点着"洋灯"，也还是阴暗。围着桌子坐的是父亲跟我们哥儿三个。"洋炉子"太高了，父亲得常常站起来，微微地仰着脸，觑着眼睛，从氤氲的热气里伸进筷子，夹起豆腐，一一地放在我们的酱油碟里。我们有时也自己动手，但炉子实在太高了，总还是坐享其成的多。这并不是吃饭，只是玩儿。父亲说晚上冷，吃了大家暖和些。我们都喜欢这种白水豆腐；一上桌就眼巴巴望着那锅，等着那热气，等着热气里从父亲筷子上掉下来的豆腐。

  又是冬天，记得是阴历十一月十六晚上，跟S君P君在西湖里坐小划子。S君刚到杭州教书，事先来信说："我们要游西湖，不管它是冬天。"那晚月色真好，想起来还像照在身上。本来前一晚是"月当头"；也许十一月的月亮真有些特别吧。那时九点多了，湖上似乎只有我们一只划子。有点风，月光照着软软的水波；当间那一溜儿反光，像新砑的银子。湖上的山只剩了淡淡的影子。山下偶尔有一两星灯火。S君口占两句诗道："数星灯火认渔村，淡墨轻描远黛痕。"我们都不大说话，只有均匀的桨声。我渐渐地快睡着了。P君"喂"了一下，才抬起眼皮，看见他在微笑。船夫问要不要上净寺去；是阿弥陀佛生日，那边蛮热闹的。到了寺里，殿上灯烛辉煌，满是佛婆念佛的声音，好像醒了一场梦。这已是十多年前的事了，S君还常常通着信，P君听说转变了好几次，在一个特税局里收特税了，以后便没有消息。

在台州过了一个冬天，一家四口子。台州是个山城，可以说在一个大谷里。只有一条二里长的大街。别的路上白天简直不大见人；晚上一片漆黑。偶尔人家窗户里透出一点灯光，还有走路的拿着的火把；但那是少极了。我们住在山脚下。有的是山上松林里的风声，跟天上一只两只的鸟影。夏末到那里，春初便走，却好像老在过着冬天似的；可是即便真冬天也并不冷。我们住在楼上，书房临着大路；路上有人说话，可以清清楚楚地听见。但因为走路的人太少了，间或有点说话的声音，听起来还只当远风送来的，想不到就在窗外。我们是外路人，除上学校去之外，常只在家里坐着。

妻也惯了那寂寞，只和我们爷儿们守着。外边虽老是冬天，家里却老是春天。有一回我上街去，回来的时候，楼下厨房的大方窗开着，并排地挨着他们母子三个；三张脸都带着天真微笑地向着我。似乎台州空空的，只有我们四人；天地空空的，也只有我们四人。那时是民国十年，妻刚从家里出来，满自在。她死了快四年了，我却还老记着她那微笑的影子。

  无论怎么冷，大风大雪，想到这些，我心上总是温暖的。

一 萧红

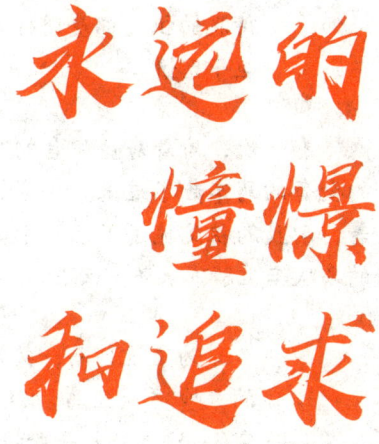

永远的憧憬和追求

长大了就会好吗

一九一一年,在一个小县城里边,我生在一个小地主的家里。那县城差不多就是中国的最东最北部——黑龙江省——所以一年之中,倒有四个月飘着白雪。

祖父时时把多纹的两手放在我的肩上,而后又放在我的头上,我的耳边便响着这样的声音:"快快长吧!长大就好了。"

父亲常常为着贪婪而失掉了人性。他对待仆人,对待自己的儿女,以及对

147

待我的祖父都是同样的吝啬而疏远，甚至于无情。

有一次，为着房屋租金的事情，父亲把房客的全套的马车赶了过来。房客的家属们哭着诉说着，向我的祖父跪了下来，于是祖父把两匹棕色的马从车上解下来还了回去。

为着这匹马，父亲向祖父起着终夜的争吵。"两匹马，咱们是算不了什么的，穷人，这匹马就是命根。"祖父这样说着，而父亲还是争吵。九岁时，母亲死去。父亲也就更变了样，偶然打碎了一只杯子，他就要骂到使人发抖的程度。后来就连父亲的眼睛也转了弯，每从他的身边经过，我就像自己的身上生了针刺一样；他斜视着你，他那高傲的眼光从鼻梁经过嘴角而后往下流着。

所以每每在大雪中的黄昏里，围着暖炉，围着祖父，听着祖父读着诗篇，看着祖父读着诗篇时微红的嘴唇。

——萧红

「长大」是「长大」了，而没有「好」。

父亲打了我的时候,我就在祖父的房里,一直面向着窗子,从黄昏到深夜——窗外的白雪,好像白棉花一样飘着;而暖炉上水壶的盖子,则像伴奏的乐器似的振动着。

祖父时时把多纹的两手放在我的肩上,而后又放在我的头上,我的耳边便响着这样的声音:"快快长吧!长大就好了。"

二十岁那年,我就逃出了父亲的家庭。直到现在还是过着流浪的生活。

"长大"是"长大"了,而没有"好"。

可是从祖父那里,知道了人生除掉了冰冷和憎恶而外,还有温暖和爱。

冯骥才

过来的春天

决了堤的生命力

> 春天不是由远方来到眼前，不是由天外来到人间；它原是深藏在万物之中的，它是从生命深处爆发出来的，它是生的欲望、生的能源与生的激情。

那时，大地依然一派毫无松动的严冬景象，土地梆硬，树枝全抽搐着，害病似的打着冷战；雀儿们晒太阳时，羽毛乍开好像绒球，紧挤一起，彼此借着体温。你呢，面颊和耳朵边儿像要冻裂那样的疼痛……然而，你那冻得通红的鼻尖，迎着冷冽的风，却忽然闻到了春天的气味！

春天最先是闻到的。

这是一种什么气味?它令你一阵惊喜,一阵激动,一下子找到了明天也找到了昨天——那充满诱惑的明天和同样季节、同样感觉却流逝难返的昨天。可是,当你用力再去吸吮这空气时,这气味竟又没了!你放眼这死气沉沉冻结的世界,准会怀疑它不过是瞬间的错觉罢了。春天还被远远隔绝在地平线之外吧。

但最先来到人间的春意,总是被雄踞大地的严冬所拒绝、所稀释、所泯灭。正因为这样,每逢这春之将至的日子,人们会格外地兴奋、敏感和好奇。

如果你有这样的机会多好——天天来到这小湖边,你就能亲眼看到冬天究竟怎样退去,春天怎样到来,大自然究竟怎样完成这一年一度起死回生的最奇妙和最伟大的过渡。

但开始时,每瞧它一眼,都会换来绝望。这

小湖干脆就是整整一块巨大无比的冰,牢牢实实,坚不可摧;它一直冻到湖底了吧? 鱼儿全死了吧? 灰白色的冰面在阳光反射里光芒刺目;小鸟从不敢在这寒气逼人的冰面上站一站。

逢到好天气,一连多天的日晒,冰面某些地方会融化成水,别以为春天就从这里开始。忽然一夜寒飙过去,转日又冻结成冰,恢复了那严酷肃杀的景象。若是风雪交加,冰面再盖上一层厚厚雪被,春天真像天边的情人,愈期待愈迷茫。

然而,一天,湖面一处,一大片冰面竟像沉船那样陷落下去,破碎的冰片斜插水里,好像出了什么事! 这除非是用重物砸开的,可什么人、又为什么要这样做呢? 但除此之外,并没发现任何异常的细节。那么你从这冰面无缘无故的坍塌中是否隐隐感到了什么……刚刚从裂开的冰洞里露出的湖水,漆黑又明亮,使你想起一双因为爱你而无限深邃又默默的眼睛。

这坍塌的冰洞是个奇迹,尽管寒潮来临,水面重新结冰,但在白日阳光的照耀下又很快地融化和洞开。冬的伤口难以愈合。冬的黑子出现了。

冬天与春天的界限是瓦解。

冰的坍塌不是冬的风景,而是隐形的春所创造的第一幅壮丽的图画。

> 冬天与春天的界限是瓦解。
> ——冯骥才

跟着,另一处湖面,冰层又坍塌下去。一个、两个、三个……随后湖面中间闪现一条长长的裂痕,不等你确认它的原因和走向,居然又发现几条粗壮的裂痕从斜刺里交叉过来。开始这些裂痕发白,渐渐变黑,这表明裂痕里已经浸进湖水。某一天,你来到湖边,会止不住出声地惊叫起来,巨冰已经裂开!黑黑的湖水像打开两扇沉重的大门,把一分为二的巨冰推向两旁,终于袒露出自己阔大、光滑而迷人的胸膛……这期间,你应该在岸边多待些时候。你就会发现,这漆黑而依旧冰冷的湖水泛起的涟漪,柔软又轻灵,与冬日的寒浪全然两样了。那些仍然覆盖湖面的冰层,不再光芒夺目,它们黯淡、晦涩、粗糙和发脏,表面一块块凹下去。有时,忽然"咔嚓"清脆的一响,跟着某一处,断裂的冰块应声漂移而去……尤其动人的,是那些在冰层下憋闷了长长一冬的大鱼,它们时而激情难捺,猛地蹦出水面,在阳光下银光闪烁打个"挺儿","哗啦"落入水中。你会深深感到,春天不是由远方来到眼前,不是由天外来到人间;它原是深藏在万物之中的,它是从生命深处爆发出来的,它是生的欲望、生的能源与生的激情。它永远是死亡的背面。唯此,春天才是不可遏制的。它把酷烈的严冬作为自己的序曲,不管这序曲多么漫长。

追逐着凛冽的朔风的尾巴,总是明媚的春光;所有冻凝的冰的核儿,都是一滴春天的露珠;那封闭大地的白雪下边是什么?你挥动大帚,扫去白雪,一准是连天的醉人的绿意……你眼前终于出现这般景象:宽展的湖面上到处浮动着大大小小的冰块。这些冬的残骸被解脱出来的湖水戏弄着，今儿推到湖这边儿，明日又推到湖那边儿。早来的候鸟常常一群群落在浮冰上，像乘载游船，欣赏着日渐稀薄的冬意。这些浮冰不会马上消失，有时还会给一场春寒冻结一起，霸道地凌驾湖上，重温昔日威严的梦。然而，春天的湖水既自信又有耐性，有信心才有耐性。它在这浮冰四周，扬起小小的浪头，好似许许多多温和而透明的小舌头，去舔弄着这些渐软渐松渐小的冰块……最后，整个湖中只剩下一块肥皂大小的冰片片了，湖水反而不急于吞没它，而是把它托举在浪波之上，摇摇晃晃，一起一伏，展示着严冬最终的悲哀、无助和无可奈何……终于，它消失了。冬，顿时也消失于天地间。这时你会发现，湖水并不黝黑，而是湛蓝湛蓝。它和天空一样的颜色。

　　天空是永远宁静的湖水，湖水是永难平静的天空。

　　　　春天一旦跨到地平线这边来，大地便换了一番风景，明朗又朦胧。它日日夜夜散发着一种气息，就像青年人身体散发出的气息。清新的、充沛的、诱惑而撩人的，这是生命本身的气息。大地的肌肤——泥土，松软而柔和；树枝再不抽搐，软软地在空中自由舒展，那纤细的枝梢无风时也颤悠悠地摇动，招呼着一个万物萌芽的季节的到来。小鸟们不必再乍开羽毛，个个变得光溜精灵，在高天上扇动阳光飞翔……湖水因为春潮涨满，仿佛与天更近；静静的云，说不清在天上还是在水里……湖边，湿漉漉的泥滩上，那些东倒西歪的去年的枯苇棵里，一些鲜绿夺目、又尖又硬的苇芽，破土而出，愈看愈多，有的地方竟已簇密成片了。你真惊奇！在这之前，它们竟逃过你细心的留意，一旦发现即已充满咄咄的生气了！难道这是一夜的春风、一阵春雨或一日春晒，便齐刷刷钻出地面？来得又何其神速！这分明预示着，大自然囚禁了整整一冬的生命，要重新开始新的一轮竞争了。而它们，这些碧绿的针尖一般的苇芽，不仅叫你看到了崭新的生命，还叫你深刻地感受到生命的锐气、坚韧、迫切，还有生命和春的必然。

— 汪曾祺

闹市闲民

莫辜负茶汤好天气

我每天在西四倒101路公共汽车回甘家口。直对101站牌有一户人家。一间屋,一个老人。天天见面,很熟了。有时车老不来,老人就搬出一个马扎儿来:"车还得会子,坐会儿。"

屋里陈设非常简单(除了大冬天,

> 他平平静静,没有大喜大忧,没有烦恼,无欲望亦无追求,天然恬淡,每天只是吃抻条面、拨鱼儿,抱膝闲看,带着笑意,用孩子一样天真的眼睛。

他的门总是开着），一张小方桌，一个方机凳，三个马扎儿，一张床，一目了然。

老人七十八岁了，看起来不像，顶多七十岁，气色很好。他经常戴一副老式的圆镜片的浅茶晶的养目镜——这副眼镜大概是他身上唯一值钱的东西。眼睛很大，一点没有混浊，眼角有深深的鱼尾纹。跟人说话时总带着一点笑意，眼神如一个天真的孩子。上唇留了一撮疏疏的胡子，花白了。他的人中很长，唇髭不短，但是遮不住他的微厚而柔软的上唇。——相书上说人中长者多长寿，信然。他的头发也花白了，向后梳得很整齐。他长年穿一套很宽大的蓝制服，天凉时套一件黑色粗毛线的很长的背心，圆口布鞋、草绿色线袜。

从攀谈中我大概知道了他的身世。他原来在一个中学当工友，早就退休了。他有家，有老伴。儿子在石景山钢铁厂当车间主任。孙子已经上初中了。老伴跟儿子，他不愿跟他们一起过，说是："乱！"他愿意一个人。他的女儿出嫁了。外孙也大了。儿子有时进城办事，来看看他，给他带两包点心，说会子话。儿媳妇、女儿隔几个月给他拆洗拆洗被褥。平常，他和亲属很少来往。

他的生活非常简单。早起扫扫地，扫他那间小屋，扫门前的人行道。一天三顿饭。早点是干馒头就咸菜喝白开水。中午晚上吃面。一年三百六十五天，天天如此。他不上粮店买切面，自己做。抻条，或是拨鱼儿。他的拨鱼儿真是一绝。小锅里坐上水，用一根削细了的筷子把稀面顺着碗口"赶"进锅里。他拨的鱼儿不断，一碗拨鱼儿是一根，而且粗细如一。我为看他拨鱼儿，宁可误一趟车。我跟他说："你这拨鱼儿真是个手艺！"他说："没什么，早一点把面和上，多搅搅。"我学着他的法子回家拨鱼儿，结果成了一锅面糊糊疙瘩汤。他吃的面总是一个味儿！浇炸酱。黄酱，很少一点肉末。黄瓜丝、小萝卜，一概不要。白菜下来时，切几丝白菜，这就是"菜码儿"。他饭量不小，一顿半斤面。吃完面，喝一碗面汤（他不大喝水），涮涮碗，坐在门前的马扎儿上，抱着膝盖看街。

我有时带点新鲜菜蔬——青蛤、海蛎子、鳝鱼、冬笋、木耳菜,他总要过来看看:"这是什么?"我告诉他是什么,他摇摇头:"没吃过。南方人会吃。"他是不会想到吃这样的东西的。

他不种花,不养鸟,也很少遛弯儿。他的活动范围很小,除了上粮店买面,上副食店买酱,很少出门。

　　　他一生经历了很多大事。远的不说。敌伪时期,吃混合面。傅作义。解放军进城,扭秧歌,"呛呛七呛七"。开国大典,放礼花。没完没了的各种运动。三年自然灾害,大家挨饿。"文化大革命"。"四人帮"。"四人帮"垮台。

然而这些都与他无关,没有在他身上留下多少痕迹。他每天还是吃炸酱面——只要粮店还有白面卖,而且北京的粮价长期稳定——坐在门口马扎儿上看街。

他平平静静,没有大喜大忧,没有烦恼,无欲望亦无追求,天然恬淡,每天只是吃抻条面、拨鱼儿,抱膝闲看,带着笑意,用孩子一样天真的眼睛。

这是一个活庄子。

第四章

计划泡汤了，那就泡个汤吧

> 今日一去不复返，若不吃它、喝它、尝它、闻它，就永远不会再有第二次机会了。

一　史铁生

好运设计

永逆时憧憬一下走狗屎运的样子

> 既然是梦想不妨就让它完美些吧。何必连梦想也那么拘谨那么谦虚呢?

要是今生遗憾太多，在背运的当儿，尤其在背运之后情绪渐渐平静了或麻木了，你独自待一会儿，抽支烟，不妨想一想来世。你不妨随心所欲地设想一下（甚至是设计一下）自己的来世。你不妨试试。在背运的时候，至少我觉得这不失为一剂良药——先可以安神，而后又可以振奋，就像输惯了的赌徒把屡屡的败绩置于脑后，输光了裤子也还是对下一局存着饱满的好奇和必赢的冲动。这没有什么不好。这有什么不好吗？无非是说迷信，好吧，你就迷信它一回。无非是说这不科学，行，况且对于走运和背运的事实，科学本来无能为力。无非说这是空想，这是自欺，这是做梦，没用。那么希望有用吗？希望是不是必得在被证明了是可以达到的之后才能成立？当然，这些差不多都是废话，背了运的时候哪想得起来这么多废话？背了运的时候只是想走运有多么好，要是能走运有多好。到底会有多好呢？想想吧，想想没什么坏处，干吗不想一想呢？我就常常这样去想，我常常浪费很多时间去做这样的蠢事。

    我想，倘有来世，我先要占住几项先天的优越：聪明、漂亮和一副好身体。命运从一开始就不公平，人一生下来就有走运的和不走运的。譬如说一个人很笨，这该怨他自己吗？然而由此所导致的一切后果却完全要由他自己负责——他可能因此在兄弟姐妹之中是最不被父母喜爱的一个，他可能因此常受教师的斥责和同学们的嘲笑，他于是便更加自

> 命运从一开始就不公平,人一生下来就有走运的和不走运的。
> ——史铁生

卑、更加委顿,饱受了轻蔑终也不知这事到底该怨谁。再譬如说,一个人生来就丑,相当丑,再怎么想办法去美容都无济于事,这难道是他的错误是他的罪过?不是,好,不是。那为什么就该他难得姑娘们的喜欢呢?因而婚事就变得格外困难,一旦有个漂亮姑娘爱上他却又赢得多少人的惊诧和不解,终于有了孩子,不要说别人就连他自己都希望孩子千万别长得像他自己。为什么就该他是这样呢?为什么就该他常遭取笑,常遭哭笑不得的外号,或者常遭怜悯,常遭好心人小心翼翼地对待呢?再说身体,有的人生来就肩宽腿长潇洒英俊(或者婀娜妩媚娉娉婷婷),生来就有一身好筋骨,跑得也快跳得也高,气力足耐力又好,精力旺盛,而且很少生病,可有的人却与此相反生来就样样都不如人。对于身体,我的体会尤甚。譬如写文章,有的人写一整天都不觉得累,可我连续写上三四个钟头眼前就要发黑。譬如和朋友们一起去野游,满心欢喜妙想联翩地到了地方,大家的热情正高雅趣正浓,可我已经累得只剩了让大家扫兴的份儿了。所以我真希望来世能有一副好身体。今生就不去想它了,只盼下辈子能够谨慎投胎,有健壮优美如卡尔·刘易斯一般的身材和体质,有潇洒漂亮如周恩来一般的相貌和风度,有聪明智慧如阿尔伯特·爱因斯坦一般的大脑和灵感。

既然是梦想不妨就让它完美些吧。何必连梦想也那么拘谨那么谦虚呢?我便如醉如痴并且极端自私自利地梦想下去。

一　冯骥才

告别梦境

没人从出生起就规划好自己的一生

我在读过的一些名人的传记中，发现到一个荒唐的公式，即这些大人物们早在童年时就心怀伟大抱负的梦，此后历经磨难，苦力奋争，终成大器。

倘若如是，这些人物真非肉骨凡胎了？当人们再想想自己的童年，大都一

回顾昔时，儿时的梦叫人迷恋，是因为在那扑朔迷离中间包含着一份稚子的纯真和傻气，包含着属于自己的过往不复的一任自然的经历。

片混沌,毫无鸿鹄之心,岂不自卑自弃?

其实这都是些蹩脚的传记作家,为了树立他们笔下名人的高大形象所做的虚伪铺垫。任何一个未入社会、未经世事的人,童年时代的想法都是虚无缥缈和幼稚可笑的。

拿自己来说,我姥姥喜欢吃鸡皮,我童年时就发誓将来要做飞行员,长大驾飞机到最远的地方给姥姥买最好的鸡皮吃。当时发誓的神气庄严不已,实际上最好的鸡皮可能就在街口的食品商场里。再比如我有一次用螺丝刀拧了拧一只坏表的后盖,碰巧那只停了许久的表走起来,父亲说我将来能做一名出色的机械师,我当真了,自信不疑,这却招致我一连把家里两个闹钟都拆毁了……

在那一切全由兴趣的年龄里,我最喜爱的莫过于小人书,收藏最多时达三四百册。许多连环画家都被我崇拜至极,例如,颜梅华、赵宏本、笔如花和张令涛等等。崇拜过分便会模仿,我便自编自绘起小人书来。大小也裁成六十四开，用线整整齐齐——其实是歪歪扭扭——订成一本本，封面画成彩色，还写上"冯骥才绘"，煞有介事地自己出版。现在如果还保留那些自制的小人书，拿来一看，准会捧腹大笑。

想做一位很棒的连环画家，倒是我童年一个挺具体又挺悠长的梦，但不知何时这个梦竟被我毫无觉察地丢掉了。到了少年和青年还有过许多梦，想做过篮球国手、绘画大师、中国的普希金，为此我还写过一本本诗集，也是精心抄集成册，现在想起来也都要暗自发笑了。

这些梦真是可笑又可爱。

回顾昔时，儿时的梦叫人迷恋，是因为在那扑朔迷离中间包含着一份稚子的纯真和傻气，包含着属于自己的过往不复的一任自然的经历，有如包含在种子里一团绿色的希望与缤纷的遐想。但人生中这些梦终难实现，生存环境和社会现实只给可行的想法开绿灯。

我却从来没有对这些梦的消失与破灭而唏嘘感叹过,因为生活中有更博大和内在的东西吸引着我。

梦想与理想是全然不同的两种境界。

梦想再美,仅仅从属个人,它是满足自我的一己追求,精致细小地囿于狭窄的内心天地里。理想却是一种责任,一种事业,一种用献身精神为动力的人类的共同追求。尽管在理想的追求中也要遭到困扰和阻挠,我却喜欢它壮阔的气势,集体的荣誉感,强有力的有血有肉的硬碰硬的奋争,无论它成功或失败都富有同样的人生价值。成年人未必没有梦想,但只有把梦想转化为理想,才能获得人生意义上的升华。

夜深人静,把昨日梦想和今日理想放在一起体味,我听到了一片深广与醉人的人生交响曲。有如天上的浮云汇成雷雨交加的浩荡天空,又如碧澈的江流涌入汹涌的大海。这才是享受。

一 老舍

又是一年芳草绿

悲观有什么可羞耻的

> 我不希望自己是个完人，也不故意地招人家的骂。该求朋友的呢，就求；该给朋友做的呢，就做。做的好不好，咱们大家凭良心。

悲观有一样好处，它能叫人把事情都看轻了一些。这个可也就是我的坏处，它不起劲，不积极。您看我挺爱笑不是？因为我悲观。悲观，所以我不能板起面孔，大喊："孤——刘备！"我不能这样。一想到这样，我就要把自己笑毛咕了。看着别人吹胡子瞪眼睛，我从脊梁沟上发麻，非笑不可。我笑别人，因为我看不起自己。别人笑我,我觉得应该;说得天好,我不过是脸上平润一点的猴子。我笑别人,往往招人不愿意;不是别人的量小,而是不像我这样稀松,这样悲观。

我打不起精神去积极地干,这是我的大毛病。可是我不懒,凡是我该做的我总想把它做了,纯为得点报酬养活自己与家里的人——往好了说,尽我的本分。我的悲观还没到想自杀的程度,不能不找点事做。有朝一日非死不可呢,那只好死喽,我有什么法儿呢?

这样,你瞧,我是无大志的人。我不想做皇上。最乐观的人才敢做皇上,我没这份胆气。

有人说我很幽默,不敢当。我不懂什么是幽默。假如一定问我,我只能说我觉得自己可笑,别人也可笑;我不比别人高,别人也不比我高。谁都有缺欠,谁都有可笑的地方。我跟谁都说得来,可是他得愿意跟我说;他一定说他是圣人,叫我三跪九叩报门而进,我没这个瘾。我不教训别人，也不听别人的教训。幽默，据我这么想，不是嬉皮笑脸，死不要鼻子。

也不是怎股子劲儿，我成了个写家。我的朋友德成粮店的写账先生也是写家，我跟他同等，并且管他叫二哥。既是个写家，当然得写了。"风格即人"——还是"风格即驴"？——我是怎个人自然写怎样的文章了。于是有人管我叫幽默的写家。我不以这为荣，也不以这为辱。我写我的。卖得出去呢，多得个三头五块的，买什么吃不香呢。卖不出去呢，拉倒，我早知道指着写文章吃饭是不易的事。

稿子寄出去，有时候是肉包子打狗，一去不回头；连个回信也没有。这，咱只好幽默；多咱见着那个骗子再说，见着他，大概我们俩总有一个笑着去见阎王的。不过，这是不很多见的，要不怎么我还没想自杀呢。常见的事是这个，稿子登出去，酬金就睡着了，睡得还是挺香甜。直到我也睡着了，它忽然来了，仿佛故意吓人玩。数目也惊人，它能使我觉得自己不过值一毛五一斤,比猪肉还便宜呢。这个咱也不说什么,国难期间,大家都得受点苦,人家开铺子的也不容易,掌柜的吃肉,给咱点汤喝,就得念佛。是的,我是不能当皇上,焚书坑掌柜的,咱没那个狠心,你看这个劲儿!不过,有人想坑他们呢,我也不便拦着。

这么一来,可就有许多人看不起我。连好朋友都说:"伙计,你也硬正着点,说你是为人类而写作,说你是中国的高尔基;你太泄气了!"真的,我是泄气,我看高尔基的胡子可笑。他老人家那股子自卖自夸的劲儿,打死我也学不来。人类要等着我写文章才变体面了,那恐怕太晚了吧?我老觉得文学是有用的;拉长了说,它比任何东西都有用,都高明。可是往眼前说,它不如一尊高射炮,或一锅饭有用。我不能吆喝我的作品是"人类改造丸"。我也不相信把文学杀死便天下太平。我写就是了。

别人的批评呢?批评是有益处的。我爱着批评,它多少给我点益处;即使完全不对,不是还让我笑一笑吗?自己写的时候仿佛是蒸馒头呢,热气腾腾,莫名其妙。及至冷眼人一看,一定看出许多错儿来。我感谢这种指摘。说的不对呢,那是他的错儿,不干我的事。我永不驳辩,这似乎是胆儿小;可是也许是我的宽宏大量。我不便往自己脸上贴金。一件事总得由两面儿瞧,是不是?

对于我自己的作品,我不拿她们当作宝贝。是呀,当写作的时候,我是卖了力气,我想往好了写。可是一个人的天才与经验是有限的,谁也不敢保了老写得好,连荷马也有打盹的时候。有的人呢,每一拿笔便想到自己是但丁,是莎士比亚。这没有什么不可以的,天才须有自信的心。我可不敢这样,我的悲观使我看轻自己。我常想客观地估量估量自己的才力;这不易做到,我究竟不能像别人看我看得那样清楚;好吧,既不能十分看清楚了自己,也就不用装蒜。谦虚是必要的,可是装蒜也大可以不必。

对做人,我也是这样。我不希望自己是个完人,也不故意地招人家的骂。

> 悲观有一样好处，它能叫人把事情都看轻了一些。
> ——老舍

该求朋友的呢，就求；该给朋友做的呢，就做。做的好不好，咱们大家凭良心。所以我很和气，见着谁都能扯一套。可是，初次见面的人，我可是不大爱说话；特别是见着女人，我简直张不开口，我怕说错了话。在家里，我倒不十分怕太太。可是对别的女人老觉着恐慌，我不大明白妇女的心理；要是信口开河地说，我不定说出什么来呢，而妇女又爱挑眼。男人也有许多爱挑眼的，所以初次见面，我不大愿开口。我最不喜辩论，因为红着脖子粗着筋的太不幽默。我最不喜欢好吹腾的人，可并不拒绝与这样的人谈话；我不爱这样的人，但喜欢听他的吹。最好是听着他吹，吹着吹着连他自己也忘了吹到什么地方去，那才有趣。

可喜的是有好几位生朋友都这么说："没见着阁下的时候，总以为阁下有八十多岁了。敢情阁下并不老。"是的，虽然将奔四十的人，我倒还不老。因为对事轻淡，我心中不大藏着计划，做事也无须耍手段，所以我能笑，爱笑；天真的笑多少显着年轻一些。我悲观,但是不愿老声老气的悲观,那近乎"虎事"。我愿意老年轻轻的,死的时候像朵春花将残似的那样哀而不伤。我就怕什么"权威"咧,"大家"咧,"大师"咧,等等老气横秋的字眼们。我爱小孩,花草,小猫,小狗,小鱼;这些都不"虎事"。偶尔看见个穿小马褂的"小大人",我能难受半天,特别是那种所谓聪明的孩子,让我难过。比如说,一群小孩都在那儿看变戏法儿,我也在那儿,单会有那么一两个七八岁的小老头说:"这都是假的!"这叫我立刻走开,心里堵上一大块。世界确是更"文明"了,小孩也懂事懂得早了,可是我还愿意大家傻一点,特别是小孩。假若小猫刚生下来就会捕鼠,我就不再养猫,虽然它也许是个神猫。

我不大爱说自己,这多少近乎"吹"。人是不容易看清楚自己的。不过,刚过完了年,心中还慌着,叫我写"人生于世",实在写不出,所以就近地拿自己当材料。万一将来我不得已而做了皇上呢,这篇东西也许成为史料,等着瞧吧。

徐志摩 一

秋

摔倒了坐下来思考人生

> 在春风回来的那一天，这叫卑微的生命的种子又会从冰封的泥土里翻成一个新鲜的世界。它们的力量，虽则是看不见，可是不容疑惑的。

两年前，在北京，有一次，也是这么一个秋风生动的日子，我把一个人的感想比作落叶，从生命那树上掉下来的叶子。落叶，不错，是衰败和凋零的象征，它的情调几乎是悲哀的。但是那些在半空里飘摇，在街道上颠倒的小树叶儿，也未尝没有它们的妩媚，它们的颜色，它们的意味，在少数有心人看来，它们在这宇宙间并不是完全没有地位的。"多谢你们的摧残,使我们得到解放,得到自由。"它们仿佛对无情的秋风说。"劳驾你们了,把我们踩成粉,踩成泥,使我们得到解脱,实现消灭。"它们又仿佛对不经心的人们这么说。因为看着,在春风回来的那一天,这叫卑微的生命的种子又会从冰封的泥土里翻成一个新鲜的世界。它们的力量,虽则是看不见,可是不容疑惑的。

我那时感着的沉闷,真是一种不可形容的沉闷。它仿佛是一座大山,我整个的生命叫它压在底下。我那时的思想简直是毒的,我有一首诗,题目就叫《毒药》,开头的两行是——"今天不是,我歌唱的日子,我口边涎着狞恶的冷笑,不是我说笑的日子,我胸怀间插着发冷光的刀剑;相信我,我的思想是恶毒的,因为这世界是恶毒的,我的灵魂是黑暗的,因为太阳已经灭绝了光彩,我的声调,像是坟堆里的夜枭,因为人间已经杀尽了一切的和谐,我的口音,像是冤鬼责问他的仇人,因为一切的恩已经让路给一切的怨。"

我借这一首不成形的咒诅的诗,发泄了我一腔的闷气,但我却并不绝望,并不悲观,在极深刻的沉闷的底里,我那时还摸着了希望。所以我在《婴儿》——那首不成形诗的最后一节——那诗的后段,在描写一个产妇在她生产的受罪中,还能含有希望的句子。

   在我那时带有预言性的想象中,我想望着一个伟大的革命。因此我在那篇《落叶》的末尾,我还有勇气来对付人生的挑战,郑重的宣告一个态度,高声地喊一声"Everlasting Yea",借用两个有力量的外国词——"Everlasting Yea."

"Everlasting Yea","Everlasting Yea",一年,一年,又过去了两年。这两年间我那时的想望有实现了没有?那伟大的"婴儿"有出世了没有?我们的受罪取得了认识与价值没有?

   我不知道,我不知道。我知道的还只是那一大堆丑陋的蛮肿的沉闷,厌得瘆人的沉闷，笼盖着我的思想，我的生命。它在我的经络里，在我的血液里。我不能抵抗，我再没有力量。

我们靠着维持我们生命的不仅是面包，不仅是饭，我们靠着活命的，用一个诗人的话，是情爱，敬仰心，希望。"We love by love, admiration and hope"这话又包含一个条件，就是说这世界这人类是能承受我们的爱，值得我们的敬仰，容许我们的希望的。但现代是什么光景？人性的表现，我们看得见听得到的，到底是怎样回事？我想我们都不是外人，用不着掩饰，实在也无从掩饰，这里没有什么人性的表现，除了丑恶，下流，黑暗。太丑恶了，我们火热的胸膛里有爱不能爱，太下流了，我们有敬仰心不能敬仰，太黑暗了，我们要希望也无从希望。太阳给天狗吃了去，我们只能在无边的黑暗中沉默着，永远的沉默着！这仿佛是经过一次强烈的地震的悲惨，思想、感情、人格，全给震成了无可收拾的断片，也不成系统，再也不得连贯，再也没有表现。但你们在这个时候要我来讲话，这使我感到一种异样的难受。难受，因为我自身的悲惨。难受，尤其因为我感到你们的邀请不只是一个寻常讲演的邀请,你们来邀我,当然不是要什么现成的主义,那我是外行,也不为什么专门的学识,那我是草包,你们明知我是一个诗人,他的家当,除了几座空中的楼阁,至多只是一颗热烈的心。你们邀我来也许在你们中间也有同我一样感到这时代的悲哀,一种不可解脱不可摆脱的况味,所以邀我这同是这悲哀沉闷中的同志来,希冀万一,可以给你们打几个幽默的比喻,说一点笑话,给一点子安慰,有这么小小的一半个时辰,彼此可以在同情的温暖中忘却了时间的冷酷。因此我踌躇,我来怕没有交代,不来又于心不安。我也曾想选几个离着实际的人生较远些的事儿来和你们谈谈,但是相信我,朋友们,这念头是枉然的,因为不论你思想的起点是星光是月是蝴蝶,只一转身,又逢着了人生的基本问题,冷森森地竖着像是几座拦路的墓碑。

不,我们躲不了它们:关于这时代人生的问号,小的、大的、歪的、正的,像蝴蝶的绕满了我们的周遭。正如在两年前它们逼迫我宣告一个坚决的态度,今天它们还是逼迫着要我来表示一

> 做人就是做人，重在这做字上。
> ——徐志摩

个坚决的态度。也好，我想，这是我再来清理一次我的思想的机会，在我们完全没有能力解决人生问题时，我们只能承认失败。但我们当前的问题究竟是些什么？如其它们有力量压倒我们，我们至少也得抬起头来认一认我们敌人的面目。再说譬如医病，我们先得看清是什么病而后用药，才可以有希望治病。说我们是有病，那是无可置疑的。但病在那一部，最重要的征候是什么，我们却不一定答得上。至少，各人有各人的答案，决不会一致的。就说这时代的烦闷：烦闷也不能凭空来的不是？它也得有种种造成它的原因，它到底是怎么回事，我们也得查个明白。换句话说，我们先得确定我们的问题，然后再试第二步的解决。也许在分析我们的病症的研究中，某种对症的医法，就会不期然地显现。我们来试试看。

说到这里，我们可以想象一班乐观派的先生们冷眼地看着我们好笑。他们笑我们无事忙，谈什么人生,谈什么根本问题,人生根本就没有问题,这都是那玄学鬼钻进了懒惰人的脑筋里在那里不相干地捣玄虚来了!做人就是做人,重在这做字上。你天性喜欢工业,你去找工程事情做去就得。你爱谈整理国故,你寻你的国故整理去就得。工作,更多的工作,是唯一的福音。把你的脑力精神一齐放在你愿意做的工作上,你就不会轻易发挥感伤主义,你就不会无病呻吟,你只要尽力去工作,什么问题都没有了。

这话初听到是又生辣又干脆的,本来么,有什么问题,做你的工好了,何必自寻烦恼!但是你仔细一想的时候,这明白晓畅的福音还是有漏洞的。固然这时代很多的呻吟只是懒鬼的装痛,或是虚幻的想象,但我们因此就能说这时代本来是健全的,所谓病痛所谓烦恼无非是心理作用了吗?固然当初德国有一个大诗人,他的伟大的天才使他在什么心智的活动中都找到趣味,他在科学实验室里工作得厌倦了,他就跑出来带住一个女性就发迷,西洋人说的"跌进了恋爱"；回头他又厌倦了或是失恋了，只一感到烦恼，或悲哀的压迫，他又赶快飞进了他的实验室，关上了门，也关上了他自己的感情的门，又潜心他的科学研究去了。在他，所谓工作确是一种救济，一种关栏，一种调剂，但我们怎能比得？我们一班青年感情和理智还不能分清的时候，如何能有这样伟大的克制的功夫？所以我们还得来研究我们自身的病痛，想法可能的补救。

并且这工作论是实际上不可能的。因为假如社会的组织，果然能容得我们各人从各人的心愿选定各人的工作并且有机会继续从事这部分的工作，那还不是一个黄金时代？"民各乐其业，安其生。"还有什么问题可谈的？现代是这样一个时候吗？商人能安心做他的生意，学生能安心读他的书，文学家能安心做他的文章吗？正因为这时代从思想起，什么事情都颠倒了，混乱了，所以才会发生这普通的烦闷病，所以才有问题，否则认真吃饱了饭没有事做，大家甘心自寻烦恼不成？

老舍 一

养花

过程有趣何必太计较结果

> 这是个乐趣,摸住门道,花草养活了,而且三年五载老活着、开花,多么有意思呀!不是乱吹,这就是知识呀!

我爱花,所以也爱养花。我可还没成为养花专家,因为没有工夫去做研究与试验。我只把养花当作生活中的一种乐趣,花开得大小好坏都不计较,只要开花,我就高兴。在我的小院中,到夏天,满是花草,小猫儿们只好上房去玩耍,地上没有它们的运动场。

花虽多，但无奇花异草。珍贵的花草不易养活，看着一棵好花生病欲死是件难过的事。我不愿时时落泪。北京的气候，对养花来说，不算很好。冬天冷，春天多风，夏天不是干旱就是大雨倾盆；秋天最好，可是忽然会闹霜冻。在这种气候里，想把南方的好花养活，我还没有那么大的本事。因此，我只养些好种易活、自己会奋斗的花草。

　　不过，尽管花草自己会奋斗，我若置之不理，任其自生自灭，它们多数还是会死了的。我得天天照管它们，像好朋友似的关切它们。一来二去，我摸着一些门道：有的喜阴，就别放在太阳地里；有的喜干，就别多浇水。这是个乐趣，摸住门道，花草养活了，而且三年五载老活着、开花，多么有意思呀！不是乱吹，这就是知识呀！多得些知识，一定不是坏事。

　　我不是有腿病吗，不但不利于行，也不利于久坐。我不知道花草们受我的照顾，感谢我不感谢；我可得感谢它们。

> 多得些知识，一定不是坏事。
> ——老舍

在我工作的时候，我总是写了几十个字，就到院中去看看，浇浇这棵，搬搬那盆，然后回到屋中再写一点，然后再出去，如此循环，把脑力劳动与体力劳动结合到一起，有益身心，胜于吃药。要是赶上狂风暴雨或天气突变哪，就得全家动员，抢救花草，十分紧张。几百盆花，都要很快地抢到屋里去，使人腰酸腿疼，热汗直流。第二天，天气好转，又得把花儿都搬出去，就又一次腰酸腿疼，热汗直流。可是，这多么有意思呀！不劳动，连棵花儿也养不活，这难道不是真理吗？

送牛奶的同志，进门就夸"好香"！这使我们全家都感到骄傲。赶到昙花开放的时候，约几位朋友来看看，更有秉烛夜游的神气——昙花总在夜里放蕊。花儿分根了，一棵分为数棵，就赠给朋友们一些；看着友人拿走自己的劳动果实，心里自然特别喜欢。

　　当然，也有伤心的时候，今年夏天

就有这么一回。三百株菊秧还在地上(没到移入盆中的时候),下了暴雨。邻家的墙倒了下来,菊秧被砸死者三十多种,一百多棵!全家都几天没有笑容!

有喜有忧,有笑有泪,有花有实,有香有色,既须劳动,又长见识,这就是养花的乐趣。

邹韬奋 一

随遇而安

风吹到哪里,就在哪里发芽

> 我们一面要进取,一面对于目前所处的地位,要能寻出乐趣来,譬如在职务上有一件事做得尽美尽善,便是乐趣;有一事对付得当,又是乐趣。

一个人要有进取的意志,有进取的勇气,有进取的准备;但同时却要有随遇而安的工夫。

姑就事业的地位说,假使甲是最低的地位,乙是比甲较高的地位,依次推升而达丙丁戊等等。由甲而乙,由乙而丙,由丙而丁……中间必非一蹴而就，必经过一段历程。换句话说，由甲到乙，由乙到丙……的中间，必须用过多少工夫，费了多少时间，充了多少学识，得了多少经验，有了多少修养。

倘若未达到乙而尚在甲的时候，心里对于目前所处的境遇，就觉得没有乐趣，希望到了乙的地位才能安泰；到了乙，要想到丙，于是对于那个时候所处的境遇，又觉得没有乐趣，希望到丙的地位才能安泰……这样筋疲力尽的一辈子没有乐趣下去，天天如坐针毡，身心都觉没有地方安顿，岂不苦极！

所以我们一面要进取，一面对于目前所处的地位，要能寻出乐趣来，譬如在职务上有一件事做得尽美尽善，便是乐趣；有一事对付得当，又是乐趣。在甲的时候，有这种乐趣；在乙的时候，也有这种乐趣；岂不是一辈子做有乐趣的人？这便是随遇而安的工夫，这样的随遇而安是积极的，不是消极的。彻底明白了此中真谛，真是受用无穷！

徐志摩

翡冷翠山居闲话

丢掉枷锁自由漫游

> 做客山中的妙处，尤在你永不须踌躇你的服色与体态；你不妨摇曳着一头的蓬草，不妨纵容你满腮的苔藓，你爱穿什么就穿什么……

在这里出门散步去，上山或是下山，在一个晴好的五月的向晚，正像是去赴一个美的宴会，比如去一个果子园，那边每株树上都是满挂着诗情最秀逸的果实，假如你单是站着看还不满意时，只要你一伸手就可以采取，可以恣尝鲜味，足够你性灵的迷醉。阳光正好暖和，决不过暖；风息是温驯的，而且往往因为他是从繁花的山林里吹度过来带一股幽远的淡香,连着一息滋润的水气,摩挲着你的颜面,轻绕着你的肩腰,就这单纯的呼吸已是无穷的愉快;空气总是明净的,近谷内不生烟,远山上不起霭,那美秀风景的全部正像画片似的展露在你的眼前,供你闲暇的鉴赏。

  做客山中的妙处,尤在你永不须踌躇你的服色与体态;你不妨摇曳着一头的蓬草,不妨纵容你满腮的苔藓,你爱穿什么就穿什么;扮一个牧童,扮一个渔翁,装一个农夫,装一个走江湖的卜闪,装一个猎户;你再不必提心整理你的领结,你尽可以不用领结,给你的颈根与胸膛一半日的自由,你可以拿一条艳色的长巾包在你的头上,学一个太平军的头目,或是拜伦那埃及装的姿态;但最要紧的是穿上你最旧的旧鞋,别管它模样不佳,它们是顶可爱的好友,它们承着你的体重却不叫你记起你还有一双脚在你的底下。

这样的玩顶好是不要约伴，我竟想严格的取缔，只许你独身；因为有了伴多少总得叫你分心，尤其是年轻的女伴，那是最危险最专制不过的旅伴，你应得躲避她像你躲避青草里一条美丽的花蛇！平常我们从自己家里走到朋友的家里，或是我们执事的地方，那无非是在同一个大牢里从一间狱室移到另一间狱室去，拘束永远跟着我们，自由永远寻不到我们；但在这春夏间美秀的山中或乡间你要是有机会独身闲逛时，那才是你福星高照的时候，那才是你实际领受，亲口尝味，自由与自在的时候，那才是你肉体与灵魂行动一致的时候；朋友们，我们多长一岁年纪往往只是加重我们头上的枷，加紧我们脚颈上的链，我们见小孩子在草里在沙堆里在浅水里打滚作乐，或是看见小猫追它自己的尾巴，何尝没有羡慕的时候，但我们的枷，我们的链永远是制定我们行动的上司！所以你只有单身奔赴大自然的怀抱时，像一个裸体的小孩扑入他母亲的怀抱时，你才知道灵魂的愉快是怎样的，单就活着的快乐是怎样的，单就呼吸单就走道单就张眼看耸耳听的幸福是怎样的。只许你，体魄与性灵，与自然同在一个脉搏里跳动，同在一个音波里起伏，同在一个神奇的宇宙里自得。我们浑朴的天真是像含羞草似的娇柔,一经同伴的抵触,他就卷了起来,但在澄静的日光下,和风中,他的姿态是自然的,他的生活是无阻碍的。

你一个人漫游的时候,你就会在青草里坐地仰卧,甚至有时打滚,因为草的和暖的颜色自然地唤起你童稚的活泼;在静僻的道上你就会不自主地狂舞,看着你自己的身影幻出种种诡异的变相,因为道旁树木的阴影在他们纤徐的婆娑里暗示你舞蹈的快乐;你也会得信口的歌唱,偶尔记起断片的音调,与你自己随口的小曲,因为树林中的莺燕告诉你春光是应该赞美的;更不必说你的胸襟自然会跟着漫长的山径开拓,你的心地会看着澄蓝的天空静定,你的思想和着山壑间的水声,山罅里的泉响,有时一澄到底的清澈,有时激起成章的波动,流,流,流入凉爽的橄榄林中,流入妩媚的阿诺河去……

并且你不但不须应伴,每逢这样的游行,你也不必带书。书是理想的伴侣,但你应得带书,是在火车上,在你住处的客室里,不是在你独身漫步的时候,什么伟大的深沉的鼓舞的清明的优美的思想的根源不是可以在风籁中,云彩里,山势与地形的起伏里,花草的颜色与香息里寻得?自然是最伟大的一部书,歌德说,在他每一页的字句里我们读得最深奥的消息。并且这书上的文字是人人懂得;阿尔帕斯与五老峰,雪西里与普陀山,莱茵河与扬子江,梨梦湖与西子湖,建兰与琼花,杭州西溪的芦雪与威尼市夕照的红潮,百灵与夜莺,更不提一般黄的黄麦,一般紫的紫藤,一般青的青草同在大地上生长,同在和风中波动——他们应用的符号是永远一致的,他们的意义是永远明显的,只要你自己性灵上不长疮瘢,眼不盲,耳不塞,这无形迹的最高等教育便永远是你的名分,这不取费的最珍贵的补剂便永远供你的受用;只要你认识了这一部书,你在这世界上寂寞时便不寂寞,穷困时不穷困,苦恼时有安慰,挫折时有鼓励,软弱时有督责,迷失时有指南针。

一 郁达夫

零余者

庆祝无意义

"前进！前进！像这样的前进吧！不要休止，不要停下来！"

"Arm am Beutel, krank am Herzen,
　　Schleppt ich meine langen Tage.
　　Armut ist die groesste Plage,
　　Reichtum ist das hoechste Gut."

　　不晓在什么时候什么地方看见过的这几句诗，轻轻地在口头念着，我两脚

合了微吟的拍子,又慢慢的在一条城外
的大道上走了。

袋里无钱,心头多恨。
这样无聊的日子,教我挨到何时始尽。
啊啊,贫苦是最大的灾星,富裕是最上的幸运。

诗的意思,大约不外乎此,实际
上人生的一切,我想也尽于此了。"不
过令人愁闷的贫苦,何以与我这样的有
缘?使人生快乐的富裕,何以总与我绝
对的不来接近?"我眼睛呆呆地注视着
前面空处,两脚一步一步踏上前去,一
面口中虽在微吟,一面于无意中又在做
这些牢骚的想头。

是日斜的午后,残冬的日影,大约不久也将
收敛光辉了,城外一带的空气,仿佛要凝结拢来
的样子。视野中散在那里的灰色的城墙,冰冻的
河道,沙土的空地荒田,和几丛枯曲的疏树,都
披了淡薄的斜阳,在那里伴人的孤独。一直前面
大约在半里多路前的几个行人,因为他们和我中

间距离太远了,在我脑里竟不发生什么影响。我觉得他们的几个肉体,和散在道旁的几家泥屋及左面远立着的教会堂,都是一类的东西,散漫零乱,中间没有半点联络,也没有半点生气,当然更没有一些儿的情感了。

"唉嘿,我也不知在这里干什么?"

微吟倦了,我不知不觉便轻轻的长叹了一声。慢慢的走去,脑里的思想,只往昏黑的方面进行;我的头愈俯愈下了。

实在我的衰退之期,来得太早了。像这样一个人在郊外独步的时候,若我的身子忽而能同一堆春雪遇着热汤似的消化得干干净净,岂不很好么?回想起来,又觉得我过去二十余年的生涯是很长的样子,我什么事情没有做过?儿子也生了,女人也有了,书也念了,考也考过好几次了,哭也哭过,笑也笑过,嫖赌吃着,心里发怒,受人欺辱,种种事情,种种行为,我都经验过了,我还有什么事情没有做过?等一等,让我再想一想看，究竟有没有什么没有经验过的事情了，自家死还没有死过；啊，还有还有，我高声骂人的事情还不曾有过，譬如气得不得了的时候，放大了喉咙，把敌人大骂一场的事情。就是复仇复了的时候的快感，我还没有感得过。啊啊！还有还有，监牢还不曾坐过，唉，但是假使这些事情，都被我经验过了，会有什么？结果还不是一个空么？嘿嘿，嗯嗯。到了这里，我的思想的连续又断了。

    袋里无钱，心头多恨。
    这样无聊的日子，教我挨到何时始尽。
    啊啊，贫苦是最大的灾星，
    富裕是最上的幸运。

  微微的重新念着前诗，我抬起头来一看，觉得太阳好像往西边又落了一段，倒在右手路上的自己的影子，更长起来了。从后面来的几乘人力车，也慢慢的赶过了我。一边让他们的路，一边我听取了坐车的人和车夫在那里谈话的几句断片。他们的话题，好像是关于女人的事情。啊啊，可羡的你们这几个虚无主义者，你们大约是上前边黄土坑去买快乐去的罢,我见了你们,倒恨起我自家没有以前的生趣来了。

　　一边想一边往西北的走去,不知不觉已走到了京绥铁路的路线上。从此偏东北的再进几步,经过了白房子的地狱,便可顺了通万牲园的大道进西直门去的。苍凉的暮色,从我的灰黄的周围逼近拢来,那倾斜的赤日,也一步一步的低垂下去了。大好的夕阳,留不多时,我自家以为在冥想里沉没得不久,而四边的急景,却告诉我黄昏将至了。在这荒野里的物体的影子,渐渐的散漫了起来。不知从何处吹来的微风,也有些急促的样子,带着一种惨伤的寒意。后面踱踱踱踱的又来了一乘空的运货马车,一个披着光面皮里子的车夫,默默的斜坐在前头车板上吃烟,我忽而感觉得天寒岁暮,好像一个人飘泊在俄国的乡下。马车去远了,白房子的门外,有几乘黑旧的人力车停在那里。车夫大约坐在踏脚板上休息,所以看不出他们的影子来。

我避过了白房子的地狱,从一块高上的地里,打算走上通西直门的大道上去。从这高处向四边一望,见了凋丧零乱排列在灰色幕上的野景,更使我感得了一种日暮的悲哀。

唉唉,人生实在不知究竟是怎么一回事?歌歌哭哭,死死生生,世界社会,兄弟朋友,妻子父母,还有恋爱,啊吓,恋爱,恋爱,恋爱,还有金钱,啊啊——

Armut ist die groesste Plage,
Reichtum ist das hoechste Gut.

好诗好诗!

The curfew tolls the knell of parting day,
The lowing herd winds slowly o'er the lea,
The ploughman homeward plods his weary way,
And leaves the world to darkness and to me.

好诗好诗!

And leaves the world to darkness and to me.

我的错杂的思想,又这样地弥散开来了。天空高处,寒风呜呜地响了几下,我俯倒了头,尽往东北的走去,天就快黑了。

> 远远的城外河边,有几点灯火,看得出来,大约紫蓝的天空里,也有几点疏星放起光来了吧?大道上断续地有几乘空马车来往,车轮的蹳蹳蹳蹳的声音,好像是空虚的人生的反响,在灰暗寂寞的空气中散了。我遵了大道,以几点灯火做了目标,将走近西直门的时候,模糊隐约的我的脑里,忽而起了一个霹雳。到这时候止,常在脑里起伏的那些毫无系统的思想,都集中在一个中心点上,成了一个霹雳,显现了出来。

"我是一个真正的零余者!"

这就是霹雳的核心,另外的许多思想,不过是些附属在这霹雳上的枝节而已。这样的忽而发见了思想的中心点,以后我就用了科学的方法推了下去:

我的确是一个零余者，所以对于社会人世是完全没有用的。A superfluous man! A useless man! Superfluous! Superfluous! 证据呢？这是很容易证明的。

这时候，我的两只脚已经在西直门内的大街上运转。四边来往的人类，究竟比城外混杂得多。天也已经昏黑，道旁的几家破店和小摊，都点上灯了。

　　第一……我且从远处说起吧……第一，我对于世界是完全没有用的……我这样生在这里，世界和世界上的人类，也不能受一点益处；反之，我死了，世界社会，也没有一些儿损害，这是千真万确的……第二，且说中国吧！对于这样混乱的中国，我竟不能制造一个炸弹，杀死一个坏人。中国生我养我，有什么用处呢？……再缩小一点，嗳，再缩小一点。第三，第三且说家庭吧！啊，对于我的家庭，我却是个少不得的人了。在外国念书的时候，已故的祖母听见说我有病,就要哭得两眼红肿。就是半男性的母亲,当我有一次醉死在朋友家里的时候,也急得大哭起来。此外我的女人,我的小孩,当然是少我不得的!哈哈,还好还好,我还是个有用之人。

想到了这里,我的思想上又起了一个冲突。前刻发现的那个思想上的霹雳,几乎可以取消的样子,但迟疑了一会儿,我终究解决不了这个问题的矛盾性。抬起头来一看,我才知道我的身体已经被我搬在一条比较热闹的长街上行动。街路两旁的灯火很多,来往的车辆也不少,人声也很嘈杂,已经是真正的黄昏时候了。

像这样的时候,若我的女人在北京,大约我总不会到市上来飘荡的吧!在灯火底下,抱了自家的儿子,一边吻吻他的小嘴,一边和来往厨下忙碌的她问答几句,踱来踱去,踱去踱来,多少快乐啊!啊啊,我对于我的女人,还是一个有用之人哩!不错不错,前一个疑问,还没有解决,我究竟还是一个有用之人吗?

这时候，我意识里的一切周围的印象，又消失了。我还是伏倒了头，慢慢地在解决我的疑问：

> 家庭，家庭……第三，家庭……让我看，哦，啊，我对于家庭还是一个完全无用之人！……丝毫没有功利主义的存心，完全沉溺于盲目之爱的我的祖母，已经死了。母亲呢？……啊啊，我读书学术，到了现在，还不能做出一点轰轰烈烈的事业来，就是这几块钱……

我那时候两只手却插在大氅的袋内，想到了这里，两只手自然而然地向袋里散放着的几张钞票捏了一捏。

> 啊啊，就是这几块钱，还是昨天从母亲那里寄出来的，我对于母亲有什么用处呢？我对于家庭有什么用处呢？我的女人，我不去娶她，总有人会去娶她的；我的小孩，我不生他，也有人会生他的，我完全是一个无用之人吓，我依旧是一个无用之人吓！

急转直下的想到了这里,我的胸前忽觉得有一块铁板压着似的难过得很。我想放大了喉咙,啊地大叫它一声,但是把嘴张了好几次,喉头终放不出音来。没有方法,我只能放大了脚步,向前同跑也似的急进了几步。这样的不知走了几分钟,我看见一乘人力车跑上前来兜我的买卖。我不问皂白,跨上了车就坐定了。车夫问我上什么地方去,我用手向前指指,喉咙只是和被热铁封锁住的一样,一句话也讲不出来。人力车向前面跑去,我只见许多灯火人类,和许多不能类列的物体,在我的两旁旋转。

　　"前进!前进!像这样的前进吧!不要休止,不要停下来!"
　　我心里一边在这样的希望,一边却在恨车夫跑得太慢。

丰子恺 一

渐

时间本是骗人的东西

> "渐"的作用,就是用每步相差极微极缓的方法来隐蔽时间的过去与事物的变迁的痕迹,使人误以为恒久不变。这真是造物主骗人的一大诡计!

使人生圆滑进行的微妙的要素,莫如"渐";造物主骗人的手段,也莫如"渐"。在不知不觉之中,天真烂漫的孩子"渐渐"变成野心勃勃的青年;慷慨豪侠的青年"渐渐"变成冷酷的成人;血气旺盛的成人"渐渐"变成顽固的老头子。因为其变更是渐进的,一年一年地、一月一月地、一日一日地、一时一时地、一分一分地、一秒一秒地渐进,犹如从斜度极缓的长远的山坡上走下来,使人不察其递降的痕迹,不见其各阶段的境界,而似乎觉得常在同样的地位,恒久不变,又无时不有生的意趣与价值,于是人生就被确实肯定而圆滑进行了。假使人生的进行不像山坡而像风琴的板,由 do 忽然移到 re,即如昨夜的孩子今朝忽然变成青年;或者像旋律"接离进行"地由 do 忽然跳到 mi,即如朝为青年而夕暮忽成老人,人一定要惊讶、感慨、悲伤,或痛感人生的无常,而不乐为人了。故可知人生是由"渐"维持的。这在女人恐怕尤为必要:歌剧中,舞台上的如花的少女,就是将来火炉旁边的老婆子。这句话,骤听使人不能相信,少女也不肯承认,实则现在的老婆子都是由如花的少女"渐渐"变成的。

  人之所以能堪受境遇的变衰,也全靠这"渐"的助力。巨富的纨绔子弟因屡次破产而"渐渐"荡尽其家产,变为贫者;贫者只得做佣工,佣工往往变为奴隶,奴隶容易变为无赖,无赖与乞丐相去甚近,乞丐不妨做偷儿……这样的例子，在小说中，在实际上，均多得很。因为其变衰是延长为十年二十年而一步一步地"渐渐"地达到的，在本人不感到有什么强烈的刺激。故虽到了饥寒病苦刑笞交迫的地步，仍是熙熙然贪恋着目前生的欢喜。假如一位千金之子忽然变成了乞丐或偷儿，这人一定愤不欲生了。

这真是大自然的神秘的原则，造物主的微妙的功夫！阴阳潜移，春秋代序，以及物类的衰荣生杀，无不暗合于这法则。由萌芽的春"渐渐"变成绿荫的夏，由凋零的秋"渐渐"变成枯寂的冬。我们虽已经历数十寒暑，但在围炉拥衾的冬夜仍是难以想象饮冰挥扇的夏日的心情；反之亦然。然而由冬一天一天地、一时一时地、一分一分地、一秒一秒地移向夏，由夏一天一天地、一时一时地、一分一分地、一秒一秒地移向冬，其间实在没有显著的痕迹可寻。昼夜也是如此：傍晚坐在窗下看书，书页上"渐渐"地黑起来，倘不断地看下去（目力能因了光的渐弱而渐渐加强），几乎永远可以认识书页上的字迹，即不觉昼之已变为夜。

黎明凭窗，不瞬目地注视东天，也不辨自夜向昼的推移的痕迹。儿女渐渐大起来，在朝夕相见的父母全不觉得，难得见面的远亲就相见不相识了。往年除夕，我们曾在红蜡烛底下守候水仙花开放，真是痴态！倘水仙花果真当面开放给我们看，便是自然的原则的破坏，宇宙的根本的摇动，世界人类的末日临到了。

"渐"的作用，就是用每步相差极微极缓的方法来隐蔽时间的过去与事物的变迁的痕迹，使人误认其为恒久不变。这真是造物主骗人的一大诡计！这有一件比喻的故事：某农夫每天朝晨抱了犊而跳过一沟，到田里去工作，夕暮又抱了跳过沟回家。每日如此，未尝间断。过了一年，犊已渐大，渐重，差不多变成大牛，但农夫全不觉得，仍是抱了它跳沟。有一天他因事停止工作，次日再就不能抱了这牛而跳沟了。造物的骗人，使人流连于其每日每时的生的欢喜而不觉其变迁与辛苦，就是用这个方法的。人们每日在抱了日重一日的牛而跳沟，不准停止，自己误以为是不变的，其实每日在增加其苦劳！

我觉得时辰钟是人生的最好的象征了。时辰钟的针，平常一看总觉得是"不动"的，其实人造物中最常动的无过于时辰钟的针了。日常生活中的人生也如此。刻刻觉得我是我，似乎这"我"永远不变，实则与时辰钟的针一样的无常！一息尚存，总觉得我仍是我，我没有变，还是流连着我的生，可怜受尽"渐"的欺骗！

"渐"的本质是"时间"。时间，我觉得比空间更为不可思议，犹之时间艺术的音乐比空间艺术的绘画更为神秘。因为空间姑且不追究它如何广大或无限，我们总可以把握其一端，认定其一点。时间则全然无从把握，不可挽留，只有过去与未来在渺茫之中不绝地相追逐而已。性质上既已渺茫不可思议，分量上在人生也似乎太多。因为一般人对于时间的悟性，似乎只够支配搭船乘车的短时间；对于百年的长期间的寿命，他们不能胜任,往往迷于局部而不能顾及全体。试看乘火车的旅客中,常有明达的人,有的宁牺牲暂时的安乐而让其座位于老弱者,以求心的太平(或博暂时的美誉);有的见众人争先下车,而退在后面,或高呼:"勿要轧,总有得下去的!""大家都要下去的!"然而在乘"社会"或"世界"的大火车的"人生"的长期的旅客中,就少有这样的明达之人。所以我觉得百年的寿命,定得太长。像现在的世界上的人,倘定他们只有搭船乘车时长的寿命,也许在人类社会上可减少许多凶险残惨的争斗,而与火车中一样的谦让,和平,也未可知。

然人类中也有几个能胜任百年的或千古的寿命的人。那是"大人格""大人生"。他们能不为"渐"所迷,不为造物所欺,而收缩无限的时间并空间于方寸的心中。故佛家能纳须弥于芥子。中国古诗人(白居易)说:"蜗牛角上争何事?石火光中寄此身。"英国诗人(Blake)也说:"一粒沙里见世界,一朵花里见天国;手掌里盛住无限,一刹那便是永劫。"

第五章

一朵花的凋零荒芜不了整个春天

> 要做一件事,就不宜把它拿来暇想,不然想来想去,越想越有味,做事的雄心力气都化了。

一　史铁生

我的梦想

痛苦是生命的一部分

也许是因为人缺了什么就更喜欢什么吧，我的两条腿一动不能动，却是个体育迷。我不光喜欢看足球、篮球以及各种球类比赛，也喜欢看田径、游泳、拳击、滑冰、滑雪、自行车和汽车比赛，总之我是个全能体育迷。当然都是从电视里看，体育场馆门前都有很高的台阶，我上不去。如果这一天电视里有精彩的体育

> 上帝从来不对任何人施舍"最幸福"这三个字，他在所有人的欲望前面设下永恒的距离，公平地给每一个人以局限。

节目,好了,我早晨一睁眼就觉得像过节一般,一天当中无论干什么心里都想着它,一分一秒都过得愉快。有时我也怕很多重大比赛集中在一天或几天(譬如刚刚闭幕的奥运会),那样我会把其他要紧的事都耽误掉。

其实我是第二喜欢足球,第三喜欢文学,第一喜欢田径。我能说出所有田径项目的世界纪录是多少,是由谁保持的,保持的时间长还是短。譬如说男子跳远纪录是由比蒙保持的,二十年了还没有人能破;不过这事不大公平,比蒙是在地处高原的墨西哥城跳出这八米九零的,而刘易斯在平原跳出的八米七二事实上比前者还要伟大,但却不能算世界纪录。这些纪录是我顺便记住的,田径运动的魅力不在于纪录,人反正是干不过上帝;但人的力量、意志和优美却能从那奔跑与跳跃中得以充分展现,这才是它的魅力所在。它比任何舞蹈都好看,任何舞蹈跟它比起来都显得矫揉造作甚至故弄玄虚。也许是我见过的舞蹈太少了。而你看刘易斯或者摩西跑起来，你会觉得他们是从人的原始中跑来，跑向无休止的人的未来，全身如风似水般滚动的肌肤就是最自然的舞蹈和最自由的歌。

我最喜欢并且羡慕的人就是刘易斯。他身高一米八八，肩宽腿长，像一头黑色的猎豹，随便一跑就是十秒以内，随便一跳就在八米开外，而且在最重要的比赛中他的动作也是那么舒展、轻捷、富于韵律；绝不像流行歌星们的唱歌，唱到最后总让人怀疑这到底是要干什么。不怕读者诸君笑话，我常暗自祈祷上苍，假若人真能有来世，我不要求别的，只要求有刘易斯那样一副身体就好。我还设想，那时的人又会普遍比现在高了，因此我至少要有一米九以上的身材；那时的百米速度也会普遍比现在快，所以我不能只跑九秒九几。作小说的人多是白日梦患者。好在这白日梦并不令我沮丧，我是因为现实的这个史铁生太令人沮丧，才想出这法子来给他宽慰与向往。我对刘易斯的喜爱和崇拜与日俱增。相信他是世界上最幸福的人。我想若是有什么办法能使我变成他，我肯定不惜一切代价；如果我来世能有那样一个健美的躯体，今生这一身残病的折磨也就得了足够的报偿。

奥运会上，约翰逊战胜刘易斯的那个中午我难过极了，心里别别扭扭别别扭扭的一直到晚上，夜里也没睡好觉。眼前老翻腾着中午的场面：所有的人都在向约翰逊欢呼，所有的旗帜和鲜花都向约翰逊挥舞，浪潮般的记者们簇拥着约翰逊走出比赛场，而刘易斯被冷落在一旁。刘易斯当时那茫然若失的目光就像个可怜的孩子，让我一阵阵心疼。一连几天我都闷闷不乐，总想着刘易斯此刻会怎样痛苦，不愿意再看电视里重播那个中午的比赛，不愿意听别人谈论这件事，甚至替刘易斯嫉妒着约翰逊，在心里找很多理由向自己说明还是刘易斯最棒；自然这全无济于事，我竟然比刘易斯还败得惨，还迷失得深重。这岂不是怪事吗？在外人看来这岂不是发精神病吗？我慢慢去想其中的原因。是因为

> 命定的局限尽可永在，不屈的挑战却不可须臾或缺。
>
> ——史铁生

一个美的偶像被打碎了吗？如果仅仅是这样，我完全可以惋惜一阵再去树立起约翰逊嘛，约翰逊的雄姿并不比刘易斯逊色。是因为我这人太恋旧骨子里太保守吗？可是我非常明白，后来者居上是最应该庆祝的事。或者是刘易斯没跑好让我遗憾？可是九秒九二是他最好的成绩。到底为什么呢？最后我知道了：我看见了所谓"最幸福的人"的不幸，刘易斯那茫然的目光使我的"最幸福"的定义动摇了继而粉碎了。上帝从来不对任何人施舍"最幸福"这三个字，他在所有人的欲望前面设下永恒的距离，公平地给每一个人以局限。如果不能在超越自我局限的无尽路途上去理解幸福，那么史铁生的不能跑与刘易斯的不能跑得更快就完全等同，都是沮丧与痛苦的根源。假若刘易斯不能懂得这些事，我相信，在前述那个中午，他一定是世界上最不幸的人。

在百米决赛后的第二天，刘易斯在跳远决赛

中跳出了八米七二,他是个好样的。看来他懂,他知道奥林匹斯山上的神火为何而燃烧,那不是为了一个人把另一个人战败,而是为了有机会向诸神炫耀人类的不屈,命定的局限尽可永在,不屈的挑战却不可须臾或缺。我不敢说刘易斯就是这样,但我希望刘易斯是这样,我一往情深地喜爱并崇拜这样一个刘易斯。

这样,我的白日梦就需要重新设计一番了。至少我不再愿意用我领悟到的这一切,仅仅去换一个健美的躯体,去换一米九以上的身高和九秒七九乃至九秒六九的速度,原因很简单,我不想在来世的某一个中午成为最不幸的人;即使人可以跑出九秒五九,也仍然意味着局限。我希望既有一个健美的躯体又有一个了悟了人生意义的灵魂,我希望二者兼得。但是,前者可以祈望上帝的恩赐,后者却必须在千难万苦中靠自己去获取——我的白日梦到底该怎样设计呢?千万不要说,倘若二者不可兼得你要哪一个?不要这样说,因为人活着必要有一个最美的梦想。

后来得知,约翰逊跑出了九秒七九是因为服用了兴奋剂。对此我们该说什么呢?我在报纸上见了这样一条消息:他的牙买加故乡的人们说:"约翰逊什么时候愿意回来,我们都会欢迎他,不管他做错了什么事,他都是牙买加的儿子。"

这几句话让我感动至深。难道我们不该对灵魂有了残疾的人,比对肢体有了残疾的人,给予更多的同情和爱吗?

冯骥才

春天最初是闻到的

花完一整个隆冬的期盼

> 春天不声不响地埋伏在万物之中。这天地表面依旧如同冬天里那样冷寂而肃穆。但春是一种生命。凡是生命都是不可遏止的。

一年一度此时此刻，我都会站在料峭的寒气里，期待着春的到来。

因为我知道，若要"知春"可不能等到"隔岸观柳"；不能等到远远河边的柳林已经泛出绿意，或是那变松变软变得湿漉漉的土地已经钻出草芽——那可就晚了。春的到来远比这些景象的出现早得多，一直早到冬天犹存的天地里。你把冻得发红的鼻子伸进挺凉甚至挺冷的空气里，忽然，一股子清新的、熟悉的、久违的气息，钻进鼻孔，并一下子钻进你的心里。它让你忽然感到天地要为之一新了，你立即意识到春天来了！

可是，当你伸着鼻子着意一吸，想再闻一闻这神奇的气味时，它又骤然消失，仿佛一闪即逝。你环顾四周，仍是一派冬之凋敝，地冻天寒。然而，不知什么地方什么时候，这气味忽又出现。就像初恋之初，你所感受到的那种幸福的似是而非。当你感到"非"时便陷入一片空茫，在你感到"是"时则怦然心动。原来，春天最初是在飘忽不定之中，若隐若现、似有若无。它不是一种形态，而是一种气味，一种气息——一种苏醒的大地生命散发出的气息。

这时，你去留心一下。鸟雀们的叫声里是否多了一点兴奋与光亮？那些攀附在被太阳晒暖的墙壁上的藤条，看上

> 去把冻红的鼻子伸进这寒冷的空气中吧。
>
> ——冯骥才

去依旧干枯,你用指甲抠一下它黑褐色的外皮,你会发现这茎皮下边竟是鲜嫩鲜嫩的绿。春天不声不响地埋伏在万物之中。这天地表面依旧如同冬天里那样冷寂而肃穆。但春是一种生命。凡是生命都是不可遏止的。生命的本质是生。谁能阻遏生的力量?冬天没有一次关住过春天,也永远不会关住春天。所以在它出现之前,已经急不可待地把它的气息精灵一般地散发出来,透露给你。所以,春天最先是闻到的。

故此,我喜欢在这个季节里,静下心来去期待春天与寻找春天。体验与享受春之初至那一刻特有的诱惑。这种诱惑是大自然生命的诱惑,也是一种改天换地更新的诱惑。

　　去把冻红的鼻子伸进这寒冷的空气中吧。

一　冯骥才

白发

年龄不该是焦虑，而是礼物

人生入秋，便开始被友人指着脑袋说：

"呀，你怎么也有白发了？"

听罢笑而不答。偶尔笑答一句："因为头发里的色素都跑到稿纸上去了。"

那种人生感，那种凄然，那种无可奈何，正像我们无法把地上的落叶抛回树枝上去……

就这样，嘻嘻哈哈、糊里糊涂地翻过了生命的山脊，开始渐渐下坡来。或者再努力，往上登一登。

对镜看白发，有时也会认真起来：这白发中的第一根是何时出现的？为了什么？思绪往往会超越时空，一下子回到了少年时——那次同母亲聊天，母亲背窗而坐，窗子敞着，微风无声地轻轻掀动母亲的头发，忽见母亲的一根头发被吹立起来，在夕照里竟然银亮银亮，是一根白发！这根细细的白发在风里柔弱摇曳，却不肯倒下，好似对我召唤。我第一次看见母亲的白发，第一次强烈地感受到母亲也会老，这是多可怕的事啊！我禁不住过去扑在母亲怀里。母亲不知出了什么事，问我，用力想托我起来，我却紧紧抱住母亲，好似生怕她离去……事后，我一直没有告诉母亲这究竟为了什么。最浓烈的感情难以表达出来，最脆弱的感情只能珍藏在自己心里。如今，母亲已是满头白发，但初见她白发的感受却深刻难忘。那种人生感，那种凄然，那种无可奈何，正像我们无法把地上的落叶抛回树枝上去……

当妻子把一小酒盅染发剂和一支扁头油画笔拿到我面前，叫我帮她染发。我心里一动，怎么，我们这一代生命的森林也开始落叶了？我瞥一眼她的头发，笑道："不过两三根白头发，也要这样小题大做？"可是待我用手指撩开她的头发，我惊讶了，在这黑黑的头发里怎么会埋藏这么多的白发！我竟如此粗心大意，至今才发现才看到。也正是由于这样多的白发，才迫使她动用这遮掩青春衰退的颜色。可是她明明一头乌黑而清香的秀发呀，究竟怎样一根根悄悄变白的？是在我不停歇的忙忙碌碌中、侃侃而谈中，还是在不舍昼夜的埋头写作中？是那些年在大地震后寄人篱下的茹苦含辛的生活所致？是为了我那次重病内心焦虑而催白的？还是那件事……几乎伤透了她的心，一夜间骤然生出这么多白发？

黑发如同绿草，白发犹如枯草；黑发像绿草那样散发着生命诱人的气息，白发却像枯草那样晃动着刺目的、凄凉的、枯竭的颜色。我怎样做才能还给她一如当年那一头美丽的黑发？我急于把她所有变白的头发染黑。她却说：

"你是不是把染发剂滴在我头顶上了？"

我一怔。赶忙用眼皮噙住泪水，不叫它再滴落下来。

一次，我把剩下的染发剂交给她，请她也给我的头发染一染。这一染，居然年轻许多！谁说时光难返，谁说青春难再，就这样我也加入了用染发剂追回岁月的行列。谁知染发是件愈来愈艰难的事情。不仅日日增多的白发需要加工，而且这时才知道，白发并不是由黑发变的，它们是从走向衰老的生命深处滋生出来的。当染过的头发看上去一片乌黑青黛，它们的根部又齐刷刷冒出一茬雪白。任你怎样去染，去遮盖，它还是茬茬涌现。人生的秋天和大自然的春天一样顽强。挡不住的白发呵！

开始时精心细染，不肯漏掉一根。但事情忙起来，没有闲暇染发，只好任由它花白。染又麻烦，不染难看，渐而成了负担。

这日，邻家一位老者来访。这老者阅历深，博学，又健朗，鹤发童颜，很有神采。他进屋，正坐在阳光里。一个画面令我震惊——他不单头发通白，连胡须眉毛也一概全白；在强光的照耀下，蓬松柔和，光明透澈，亮如银丝，竟没有一根灰黑色，真是美极了！我禁不住说，将来我也修炼出您这一头漂亮潇洒的白发就好了，现在的我，染和不染，成了两难。老者听了，朗声大笑，然后对我说：

> 人生的秋天和大自然的春天一样顽强。
> ——冯骥才

"小老弟，你挺明白的人，怎么在白发面前糊涂了？孩童有稚嫩的美，青年有健旺的美，你有中年成熟的美，我有老来冲淡自如的美。这就像大自然的四季——春天葱茏，夏天繁盛，秋天斑斓，冬天纯净。各有各的美感，各有各的优势，谁也不必美慕谁，更不能模仿谁，模仿必累，勉强更累。人的事，生而尽其动，死而尽其静。听其自然，对！所谓听其自然，就是到什么季节享受什么季节。哎，我这话不知对你有没有用，小老弟？"

我听罢，顿觉地阔天宽，心情快活。摆一摆脑袋，头上花发来回一晃，宛如摇动一片秋光中的芦花。

梁遇春 一

泪与笑

宁可痛苦不要麻木

> 泪却是肯定人生的表示。因为生活是可留恋的,过去是春天的日子,所以才有伤逝的清泪。若使生活本身就不值得我们的一顾,我们哪里会有惋惜的情怀呢?

匆匆过了二十多年,我自然也是常常哭,常常笑,别人的啼笑也看过无数回了。可是我生平不怕看见泪,自己的热泪也好,别人的呜咽也好;对于几种笑我却会惊心动魄,吓得连呼吸都不敢大声,这些怪异的笑声,有时还是我亲口发出的。当一位极亲密的朋友忽然说出一句冷酷无情冰一般的冷话来，而且他自己还不知道他说的会使人心寒，这时候我们只好哈哈哈莫名其妙地笑了。因为若使不笑，叫我们怎么样好呢？我们这个强笑或者是出于看到他真正的性格（他这句冷话所显露的）和我们先前所认为的他的性格的矛盾，或者是我们要勉强这么一笑来表示我们是不会给他的话所震动，我们自己另有一个超乎一切的生活，他的话是不能损坏我们于毫发的，或者……但是那时节我们只觉到不好不这么大笑一声，所以才笑，实在也没有闲暇去仔细分析自己了。

> 当我们心里有说不出的苦痛缠着，正要向人细诉，那时我们平时尊敬的人却用个极无聊的理由（甚至于最卑鄙的）来解释我们这穿过心灵的悲哀，看到这深深一层的隔膜，我们除开无聊赖地破涕为笑，还有什么别的办法吗？

有时候我们倒霉起来，整天从早到晚做的事没有一件不是失败的，到晚上疲累非常，懊恼万分，悔也不是，哭也不是，也只好咽下眼泪，空心地笑着。我们一生忙碌，把不可再得的光阴消磨在马蹄轮铁,以及无谓敷衍之间,整天打算,可是自己不晓得为什么这么费心机,为了要活着用尽苦心来延长这生命,却又不觉得活着到底有何好处,自己并没有享受生活过,总之黑漆一团活着。夜阑人静,回头一想,哪能够不吃吃地笑,笑时感到无限的生的悲哀。

> 眼泪真是人生的甘露。
> ——梁遇春

就说我们淡于生死了,对于现世界的厌烦同人事的憎恶还会像毒蛇般蜿蜒走到面前,缠着身上,我们真可说倦于一切,可惜我们也没有爱恋上死神,觉得也不值得花那么大劲去求死,在此不生不死心境里,只见伤感重重来袭,偶然挣些力气,来叹几口气,叹完气免不了失笑,那笑是多么酸苦的。

这几种笑声发自我们的口里,自己听到,心中生个不可言喻的恐怖,或者又引起另一个鬼似的狞笑。若使是由他人口里传出,只要我们探讨出它们的源泉,我们也会惺惺惜惺惺而心酸,同时害怕得全身打战。此外失望人的傻笑,下头人挨了骂对于主子的赔笑,趾高气扬的热官对于贫贱故交的冷笑，老处女在他人结婚席上所呈的干笑，生离永别时节的苦笑——这些笑全是"自然"跟我们为难，把我们弄得没有办法，我们承认失败了的表现，是我们心灵的堡垒下面刺目的降幡。莎士比亚的妙句"对着悲哀微笑"（smiling at grief）说尽此中的苦况。拜伦在他的杰作 Don Juan 里有二句：

> Of all tales 'tis the saddest—
> and more sad,
> Because it makes us smile.

这两句是我愁闷无聊时所喜欢反复吟诵的，因为真能传出"笑"的悲剧的情调。

泪却是肯定人生的表示。因为生活是可留恋的，过去是春天的日子，所以才有伤逝的清泪。若使生活本身就不值得我们的一顾，我们哪里会有惋惜的情怀呢？当一个中年妇人死了丈夫时候，她号啕地大哭，她想到她儿子这么早失丢了父亲，没有人指导，免不了伤心流泪，可是她隐隐地对于这个儿子有无穷的慈爱同希望。她的儿子又死了，她或者会一声不响地料理丧事，或者发疯狂笑起来，因为她已厌倦于人生，她微弱的心已经麻木死了。

我每回看到人们的流泪，不管是失恋的刺痛，或者丧亲的悲哀，我总觉人世真是值得一活的。眼泪真是人生的甘露。当我是小孩时候，常常觉得心里有说不出的难过，故意去臆造些伤心事情，想到有味时候，有时会不觉流下泪来，那时就感到说不出的快乐。现在却再寻不到这种无根的泪痕了。哪个有心人不爱看悲剧，亚里士多德所说的净化的确不错。我们精神所纠结郁积的悲痛随着台上的凄惨情节发出来，哭泣之后我们有形容不出的快感，好似精神上吸到新鲜空气一样，我们的心灵忽然间呈非常健康的状态。Gogol的著作人们都说是笑里有泪，实在正是因为后面有看不见的泪，所以他的小说会那么诙谐百出，对于生活处处有回甘的快乐。中国的诗词说高兴赏心的事总不大感人，谈愁语恨却是易工，也由于那些怨词悲调是泪的结晶，有时会逗我们洒些同情的泪,所以亡国的李后主,感伤的李义山始终是我们爱读的作家。天下最爱哭的人莫过于怀春的少女同情海中翻身的青年,可是他们的生活是最有力,色彩最浓,最不虚过的生活。人到老了,生活力渐渐消磨尽了,泪泉也枯了,剩下的只是无可无不可那种行将就木的心境和好像慈祥实在是生的疲劳所产生的微笑——我所怕的微笑。十八世纪初期浪漫派诗人格雷在他的 *On a Distant Prospect of Eton College* 里说:

> 流下也就忘记了的泪珠,
> 那是照耀心胸的阳光。
> The tear forgot as soon as shed,
> The sunshine of the breast.

这些热泪只有青年才会有,它是同青春的幻梦同时消灭的,泪尽了,个个人心里都像苏东坡所说的"存亡惯见浑无泪"那样的冷淡了,坟墓的影已染着我们的残年。

许地山 一

落花生

寂静而有力量

> 你们偶然看见一棵花生瑟缩地长在地上,不能立刻辨出它有没有果实,非得等到你接触它才能知道。

我们屋后有半亩隙地。母亲说,让他荒芜着怪可惜,既然你们那么爱吃花生,就辟来做花生园吧。我们几姊弟和几个小丫头都很喜欢——买种的买种,动土的动土,灌园的灌园;过不了几个月,居然收获了!

妈妈说:"今晚我们可以做一个收

获节，也请你们爹爹来尝尝我们的新花生，如何？"我们都答应了。母亲把花生做成好几样食品，还吩咐这节气要在园里的茅亭举行。

那晚上的天色不大好，可是爹爹也到来，实在很难得！爹爹说："你们爱吃花生吗？"

我们都争着答应："爱！"
"谁能把花生的好处说出来？"
姊姊说："花生的气味很美。"
哥哥说："花生可以制油。"
我说："无论何等人都可以用贱价买它来吃，都喜欢吃它。这就是它的好处。"

爹爹说："花生的用处固然很多；但有一样是很可贵的。这小小的豆不像那好看的苹果、桃子、石榴，把它们的果实悬在枝上，鲜红嫩绿的颜色，令人一望而发生美慕的心。它只把果子埋在地底，等到成熟，才容人把它挖出来。你们偶然看见一棵花生瑟缩地长在地上,不能立刻辨出它有没有果实,非得等到你接触它才能知道。"

我们都说:"是的。"母亲也点点头。爹爹接下去说:"所以你们要像花生,因为它是有用的,不是伟大、好看的东西。"我说:"那么,人要做有用的人,不要做伟大、体面的人了。"爹爹说:"这是我对于你们的希望。"

我们谈到夜阑才散,所有花生食品虽然没有了,然而父亲的话现在还印在我心版上。

一　朱自清

《忆》跋

一切都将逝去，所以尽情去爱吧

小燕子其实也无所爱，
　只是沉浸在朦胧而飘忽的夏夜梦里罢了。
　　　　　——《忆》第三十五首

我的儿时现在真只剩下"薄薄的影"。我的"忆的路"几乎是直如矢的；像被大水洗了一般，寂寞到可惊的程度！

　　人生若真如一场大梦，这个梦倒也很有趣的。在这个大梦里，一定还有长长短短、深深浅浅、肥肥瘦瘦、甜甜苦苦、无数无数的小梦。有些已经随着日影飞去；有些还远着哩。飞去的梦便是飞去的生命，所以常常留下十二分的惋惜，在人们心里。人们往往从"现在的梦"里走出，追寻旧梦的踪迹，正如追寻旧日的恋人一样；他越过了千重山，万重水，一直地追寻去。这便是"忆的路"。"忆的路"是愈过愈广阔的，是愈过愈平坦的；曲曲折折的路旁，隐现着几多的驿站，是行客们休止的地方。最后的驿站，在白板上写着朱红的大字："儿时。"这便是"忆的路"的起点，平伯君所徘徊而不忍去的。

飞去的梦因为飞去的缘故，一律是甜蜜蜜而又酸溜溜的。这便合成了别一种滋味，就是所谓惆怅。而"儿时的梦"和现在差了一世界，那酝酿着的惆怅的味儿，更其肥腴得可以，真腻得人没法儿！你想那颗一丝不挂欲又爱着一切的童心，眼见得在那隐约的朝雾里，凭你怎样招着你的手儿，总是不回到腔子里来；这是多么"缺"呢？于是平伯君觉着闷得慌，便老老实实地，像春日的轻风在绿树间微语一般,低低地、密密地将他的可忆而不可捉的"儿时"诉给你。他虽然不能长住在那"儿时"里,但若能多招呼几个伴侣去徘徊几番,也可略减他的空虚之感,那惆怅的味儿,便不至老在他的舌本上腻着了。这是他的聊以解嘲的法门,我们都多少能默喻的。

  在朦胧的他儿时的梦里,有像红蜡烛的光一跳一跳的,便是爱。他爱故事讲得好的姊姊,他爱唱沙软而重的眠歌的乳母,他爱流苏帽儿的她。他也爱翠竹丛里一万的金点子和小枕头边一双小红橘子;也爱红绿色的蜡泪和爸爸的顶大的斗篷;也爱剪啊剪啊的燕子和躲在杨柳里的月亮……他有着纯真的、烂漫的心;凡和他接触的,他都与他们稔熟,亲密——他一律地拥抱了他们。所以他是自然(人也在内)的真朋友!

他所爱的还有一件,也得给你提明的,便是黄昏与夜。他说他将像小燕子一样,沉浸在夏夜梦里,便是分明的自白。在他的"忆的路"上,在他的"儿时"里，满布着黄昏与夜的颜色。夏夜是银白色的，带着栀子花儿的香；秋夜是铁灰色的，有青色的油盏火的微芒；春夜最热闹的是上灯节，有各色灯的辉煌，小烛的摇荡；冬夜是数除夕了，红的、绿的、淡黄的颜色，便是年的衣裳。在这些夜里，他那生活的模样儿啊，短短儿的身材，肥肥儿的个儿，甜甜儿的面孔，有着浅浅的笑涡；这就是他的梦，也正是多么可爱的一个孩子！至于那黄昏，都笼罩着银红衫儿、流苏帽儿的她的朦胧影，自然也是可爱的！——但是，他为什么爱夜呢？聪明的你得问了。我说夜是浑融的，夜是神秘的，夜张开了她无长不长的两臂，拥抱着所有的所有的但你却瞅不着她的面目，摸不着她的下巴；这便因可惊而觉着十三分的可爱。堂堂的白日，界画分明的白日，分割了爱的白日，岂能如她的系着孩子的心呢？夜之国，梦之国，正是孩子的国呀，正是那时的平伯君的国呀！

    平伯君说他的忆中所有的即使是薄薄的影，只要它们历历而可画，他便摇动了那疯魔了的眷念。他说"历历而可

> 人生若真如一场大梦,这个梦倒也很有趣的。
> ——朱自清

画",原是一句绮语;谁知后来真有为他"历历画出"的子恺君呢?他说"薄薄的影",自是搞谦的话;但这一个"影"字却是以实道实,确切可靠的。子恺君便在影子上着了颜色——若根据平伯君的话推演起来,子恺君可说是厚其所薄了。影子上着了颜色,确乎格外分明——我们不但能用我们的心眼看见平伯君的梦,更能用我们的肉眼看见那些梦,于是更摇动了平伯君以外的我们的疯魔了的眷念。而梦的颜色加添了梦的滋味;便是平伯君自己,因这一画啊,只怕也要重落到那闷人的,腻腻的惆怅之中而难以自解了!至于我,我呢,在这双美之前,只能重复我的那句老话:"我的光荣啊,我若有光荣啊!"

我的儿时现在真只剩下"薄薄的影"。我的"忆的路"几乎是直如矢的;像被大水洗了一般,寂寞到可惊的程度!这大约因为我的儿时实在太单调了;沙漠般展伸着,自然没有我的"依恋"回翔的余地了。平伯君有他的好时光,而以不能重行占领为恨；我是并没有好时光，说不上占领，我的空虚之感是两重的！但人生毕竟是可以相通的；平伯君诉给我们他的"儿时"，子恺君又画出了它的轮廓，我们深深领受的时候，就当是我们自己所有的好了。"你的就是我的，我的就是你的"，岂止"感情聊胜无"呢？培根说："读书使人充实。"在另一意义上，你容我说吧，这本小小的书确已使我充实了！

一 梁遇春

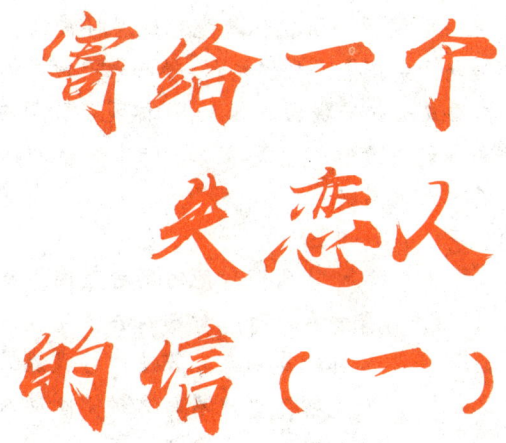

寄给一个失恋人的信（一）

不要对自己"失恋"

> 失恋人所失丢的只是一小部分现在的爱情。他们从前已经过去的爱情是存在"时间"的宝库中，绝对不会失丢的。

秋心：

在我这种懒散心情之下，居然呵开冻砚，拿起那已经有一星期没有动的笔，来写这封长信；无非是因为你是要半年才有封信。现在信来了，我若使又迟延好久才复，或者一搁起来就忘记去了；将来恐怕真成个音信渺茫，生死莫知了。

来信你告诉我你起先对她怎样钟情，想由同她互爱中得点人生的慰藉，她本来是何等的温柔，后来又如何变成铁石心人，同你现在衰颓的生活，悲观的态度。整整写了二十张十二行的信纸，我看了非常高兴。

  我知道你绝对不会想因为我自己没有爱人，所以看别人丢了爱人，就现出卑鄙的笑容来。若使你对我能够有这样的见解，你就不写这封悱恻动人的长信给我了。我真有可以高兴的理由。在这万分寂寞一个人坐在炉边的时候，几千里外来了一封八年前老朋友的信，痛快地暴露他心中最深一层的秘密，推心置腹般娓娓细谈他失败的情史，使我觉得世界上还有一个人这样爱我，信我，来向我找些同情同热泪，真好像一片洁白耀目的光线，射进我这精神上之牢狱。

最叫我满意是由你这信我知道现在的秋心还是八年前的秋心。八年的时光，流水行云般过去了。现在我们虽然还是少年，然而最好的青春已过去一大半了。所以我总是爱想到从前的事情。八年前我们一块游玩的情境，自然直率的谈话是常浮现在我梦境中间，尤其在讲堂上睁开眼睛所做的梦的中间。你现在写信来哭诉你的怨情简直同八年前你含着一泡眼泪咽着声音讲给我听你父亲怎样骂你的神气一样。但是我那时能够用手巾来擦干你的眼泪，现在呢？我只好仗我这支秃笔来替那陪你呜咽，抚你肩膀低声的安慰。

秋心，我们虽然八年没有见一面，半年一通信，你小孩时候雪白的脸，桃红的颊同你眉目间那一股英武的气概却长存在我记忆里头，我们天天在校园踏着桃花瓣的散步，树荫底下石阶上面坐着唧唧哝哝的谈天，回想起来真是亚当没有吃果前乐园的生活。当我读关于美少年的文学，我就记起我八年前的游伴。无论是述 Narcissus 的故事，Shakespeare 百余首的十四行诗，Cray 给 Bonstetten 的信，Keats 的 Endymion，Wilde 的 Dorian Gray 都引起我无限的愁思而怀念着久不写信给我的秋心。

十年前的我也不像现在这么无精打采的形相，那时我性情也温和得多，面上也充满有青春的光彩，你还记着我们那一回修学旅行吧？因为我是生长在城市，不会爬山，你是无时不在我旁边，拉着我的手走上那崎岖光滑的山路。你一面走一面又讲好多故事，来打散我恐惧的心情。我那一回出疹子，你瞒着你的家人，到我家里，瞧个机会不给我家人看见跑到我床边来。你喘气也喘不过来似讲的："好容易同你谈几句话！我来了五趟，不是给你祖母拦住，就是被你父亲拉着，说一大阵什么染后会变麻子……"这件事我想一定是深印在你心中。忆起你那时的殷勤情谊更觉得现在我天天碰着的人的冷酷，也更使我留恋那已经不可再得的春风里的生活。提起往事，徒然加你的惆怅，还是谈别的吧。

　　来信中很含着"既有今日，何必当初"的意思。这差不多是失恋人的口号，也是失恋人心中最苦痛的观念。我很反对这种论调，我反对，并不是因为我想打破你的烦恼同愁怨。一个人的情调应当任它自然地发展，旁人更不当来用话去压制它的生长，使他堕到一种莫名其妙的烦闷网子里去。真真同情于朋友忧愁的人，绝不会残忍地去扑灭他朋友怀在心中的幽情。他一定是用他的情感的共鸣使他朋友得点真同情的好处，我总觉"既有今日，何必当初"这句话对"过去"未免太藐视了。我是个恋着"过去"的骸骨同化石的人，我深切感到"过去"在人生的意义，尽管你讲什么"从前种种譬如昨日死，以后种种譬如今日生"同 Let bygones be bygones；"从前"是不会死的。就算形质上看不见，它的精神却还是一样地存在。"过去"也不至于烟消火灭般过去了；它总留了深刻的足迹。

理想主义者看宇宙一切过程都是向一个目的走去的，换句话就是世界上物事都是发展一个基本的意义的。他们把"过去"包在"现在"中间一齐往"将来"的路上走，所以 Emerson 讲"只要我们能够得到'现在'，把'过去'拿去给狗子罢了。"这可算是诗人的幻觉。这么漂亮的肥皂泡子不是人人都会吹的。我们老爱一部一部地观察人生，好像舍不得这样猪八戒吃人参果般用一个大抽象概念解释过去。所以我相信要深深地领略人生的味的人们，非把"过去"当作有它独立的价值不可，千万不要只看作"现在"的工具。由我们生来不带乐观性的人看来，"将来"总未免太渺茫了，"现在"不过一刹那，好像一个没有存在的东西似的，所以只有"过去"是这不断时间之流中站得住的岩石。我们只好紧紧抱着它，才免得受漂流无依的苦痛，"过去"是个美术化的东西，因为它同我们隔远看不见了，它另外有一种缥缈不实之美。好像一块风景近看瞧不出好来，到远处一望，就成个美不胜收的好景了。为的是已经物质上不存在，只在我们心境中憧憬着，所以"过去"又带了神秘的色彩。

　　对于我们含有 Melancholy 性质的人们，"过去"更是个无价之宝。Hawthorne 在他《古屋之苔》书中说："我对我往事的记忆，一个也不能丢了。就是错误同烦恼，我也爱把它们记着。一切的回忆同样地都是我精神的食料。现

> 无声的呜咽比嚎啕总是更悲哀得多了。
>
> ——梁遇春

在把它们都丢丢,就是同我没有活在世间过一样。"不过"过去"是很容易被人忽略去的。而一般失恋人的苦恼都是由忘记"过去",太重"现在"的结果。实在讲起来失恋人所失丢的只是一小部分现在的爱情。他们从前已经过去的爱情是存在"时间"的宝库中,绝对不会失丢的。在这短促的人生,我们最大的需求同目的是爱,过去的爱同现在的爱是一样重要的。因为现在的爱丢了就把从前之爱看得一个大也不值,这就有点近视眼了。只要从前你们曾经真挚地互爱过,这个记忆已很值得好好保存起来,做这千灾百难人生的慰藉。所以我意思是,"今日"是"今日","当初"依然是"当初",不要因为有了今日这结果,把"当初"一切看作都是镜花水月白费了心思的。

爱人的目的是爱情,为了目前小波浪忽然舍得将几年来两人辛辛苦苦织好的爱情之网用剪子铰得粉碎,这未免是不知道怎样去多领略点人生之味的人们的态度了。秋心我劝你将这网子仔细保护着,当你感到寂寞或孤悃的时候,把这网子慢慢张开在你心眼的前面,深深地去享受它的美丽,好像吃过青果后回甘一般,那也不枉你们从前的一场要好了。照你信的口气,好像你是天下最不幸的人,秋心你只知道情人的失恋是可悲哀,你还不晓得夫妇中间失恋的痛苦。你现在失恋的情况总还带三分 romantic 的色彩,她虽然是不爱你了,但是能够这样忽然间由情人一变变作陌路之人,倒是件痛快的事——其痛快不下给一个运刀如飞杀人不眨眼的刽子手杀下头一样。最苦的是那一种结婚后二人爱情渐渐不知不觉间淡下去。心中总是感到从前的梦的有点不能实现,而一方面对"爱情"也有些麻木不仁起来。这种肺病的失恋是等于受凌迟刑。挨这种苦的人,精神天天萎痹下去,生活力也一层一层沉到零的地位。这种精神的死亡才是天地间唯一的惨剧。也就因为这种惨剧旁人看不出来,有时连自己都不大明白,所以比别的要惨苦得多。你现在虽然失恋但是你还有一肚子的怨望,还想用很多力写长信去告诉你的唯一老朋友,可见你精神仍是活泼泼跳动着。对于人生还觉得有趣味——不管是詈骂运命,或是赞美人生——总不算个不幸的人。

秋心你想我这话有点道理吗？秋心，你同我谈失恋，真是"流泪眼逢流泪眼"了。我也是个失恋的人，不过我是对我自己的失恋，不是对于在我外面的她的失恋。我这失恋既然是对于自己，所以不显明，旁人也不知道。因此也是最难过的苦痛。无声的呜咽比号啕总是更悲哀得多了。我想你现在总是白天魂不守舍地胡思乱想，晚上睁着眼睛看黑暗在那里怔怔发呆，这么下去一定会变成神经衰弱的病。我近来无聊得很，专爱想些不相干的事。我打算以后将我所想的报告给你，你无事时把我所想出的无聊思想拿来想一番，这样总比你现在毫无头绪的乱想，少费心力点吧。有空时也希望你想到哪里笔到哪里般常写信给我。两个伶仃孤苦的人何妨互相给点安慰呢！

驭聪，十六年阳元宵写于北大西斋